Mobie-Diq

DU MÊME AUTEUR

Splendid Hôtel, *roman, 1986*
Forever Valley, *roman, 1987*
Rose Mélie Rose, *roman, 1987*
Tir et Lir, *théâtre, 1988*

chez P.O.L

Le mort & Cie, *poésie, 1985*
Doublures, *contes, 1986*

MARIE REDONNET

Mobie-Diq

LES ÉDITIONS DE MINUIT
OUVRAGE PUBLIÉ AVEC LE CONCOURS
DU CENTRE NATIONAL DES LETTRES

© 1982 by Les Éditions de Minuit
7, rue Bernard-Palissy, 75006 Paris

ISBN 2-7073-1198-7

A Jacques Géraud

Une petite barque, vieille, et d'un ancien modèle.

A l'arrière de la barque, un moteur ; de chaque côté, des cordages. Invisibles au fond de la barque : un coffre ancien, une boîte à médicaments, un magnéto, une lanterne, des couvertures, une canne à pêche, deux rames.

Dans la barque : Mobie en costume de soirée, robe longue en lamé rouge et or, décolletée, avec collier de perles et boucles d'oreille assorties, perruque rousse longue et bouclée, maquillée ; Diq en costume de soirée, smoking et nœud papillon de travers, chemise blanche, le tout taché et froissé.

D'un jour à l'autre, la barque sera placée différemment sur la scène qui représente la mer.

8

Barque de face juste au bord de la scène, sur la droite. Mobie et Diq assis à l'arrière de la barque.

Lumière crépusculaire.

MOBIE. — Tu es bien sûr que c'est impossible de mettre le moteur en marche ? Tu as vérifié qu'il y a de l'essence ? C'est drôle qu'il n'y ait pas un seul bidon d'essence dans la barque, rien que des bidons d'eau. Pourquoi est-ce qu'il n'y a pas de réserve d'essence dans cette barque à moteur ? On n'a pourtant pas à se plaindre de la barque, il y a tout ce qu'il faut pour un voyage en haute mer, sauf de l'essence. Il faut que tu arrives à faire marcher le moteur. C'est important pour notre survie. Si le courant ralentit, qu'est-ce qu'on va faire ? Tu as vu dans quel état sont les rames. De toute façon, on ne sait pas ramer.

DIQ. — Si je te dis que le moteur ne marche pas, c'est qu'il ne marche pas. Il n'y a rien à faire, Mobie. Si le moteur de la barque ne marche pas, c'est qu'il a été mal monté. On dirait que c'est un moteur tout neuf qui n'a jamais servi.

MOBIE. — Mais on a besoin d'un moteur en état de marche quand le courant ralentira.

DIQ. — Que veux-tu que je fasse ? Je ne suis pas mécanicien. Je n'ai pas d'outils, ni de mode d'emploi. Et il n'y a pas d'essence. Il faut faire comme s'il n'y avait pas de moteur. Les barques n'avaient pas de moteur autrefois. Cette barque est vieille, c'est normal qu'elle n'ait pas de moteur en état de marche. Pourquoi veux-tu que le courant ralentisse ? On n'a pas à regretter les canots de sauvetage du Tango avec leur moteur en état de marche. Tu sais ce qui est en train d'arriver aux canots de sauvetage ? Quand je pense que tu ne t'intéresses qu'au moteur de la barque, et que tu restes indifférente à ce qui arrive aux canots de sauvetage. C'est si terrible ce qui leur arrive, et ça ne te fait rien.

MOBIE. — De quoi tu parles ? Sois plus clair quand tu me parles. Tu ne vois donc pas que j'ai perdu mes lunettes ? C'est en montant dans la barque que je les ai perdues. Tu es monté le premier, ne l'oublie pas. L'embarquement était délicat avec toutes les vagues. Je me suis affolée, j'ai eu peur que la barque s'éloigne avant que je puisse monter. J'ai fait un faux mouvement à cause du bois glissant, et mes lunettes sont tombées à la mer. Sans mes lunettes, je ne vois pas à plus de dix mètres. Dix mètres, ce n'est pas beaucoup. Je ne vois pas le Tango, ni les canots de sauvetage. Ce n'était pas le bon moment pour perdre mes lunettes. C'est un handicap pour moi de ne plus voir à plus de dix

10

mètres. Tu n'as même pas remarqué que je n'ai plus mes lunettes. Tu penses à ce qui arrive aux canots de sauvetage, mais tu restes indifférent à ce qui m'arrive.

DIQ. — Il ne faut pas m'en vouloir, Mobie, dans un moment pareil, je ne suis pas dans mon état normal. Tu portes des lunettes depuis si longtemps que je ne les voyais plus. Le naufrage du Tango, c'est une telle catastrophe. Je comprends que tes lunettes te manquent dans un moment pareil. Je vais te dire tout ce que tu verrais si tu avais tes lunettes. *(Il ne cesse de se retourner.)* Tous les canots de sauvetage sont en train de couler, Mobie. Ils n'arrivent pas à prendre le large, les vagues les rabattent contre le Tango, ils se fracassent contre la coque, ils se renversent. C'est un affreux spectacle. Les vagues sont déchaînées autour de Tango. Tu n'as pas à regretter en ce moment d'avoir perdu tes lunettes. Mieux vaut ne pas voir une scène aussi horrible. Racontée, c'est moins impressionnant pour toi. Je ne peux pas m'empêcher de regarder. C'est plus fort que moi, une vision pareille. Je ne peux pas te dire ce que je ressens. Je n'ai encore jamais ressenti une telle émotion, même quand je jouais la grande scène de Tango.

MOBIE. — Pourtant le Tango était un paquebot tout neuf. C'était le plus moderne et le mieux équipé de tous les paquebots. Et la mer était calme ce matin. Qui aurait pu croire au naufrage du Tango ? C'était sa première croisière. Il y avait tous les systèmes de sécurité. Je n'arrive pas à réaliser ce qui arrive. Quand on ne voit pas à plus de dix

11

mètres, c'est difficile d'imaginer ce qui arrive au-delà, même quand on vous le raconte. Le Tango qui sombre avec tous ses canots de sauvetage, c'est si inimaginable.

DIQ. — Quelle chance pour nous qu'on nous ait empêchés de monter dans le dernier canot de sauvetage parce qu'il était déjà trop plein. C'est la chance de notre vie. On ne la mesure pas encore vraiment. Tout s'est passé si vite. C'est grâce à toi, Mobie, qu'on est sains et saufs dans la barque. C'est toi qui as eu l'idée de courir vers le petit pont arrière où il y avait cette vieille barque. Ça a été notre salut.

MOBIE. — J'avais découvert cette barque il y a quelques jours. Je m'étais même demandé ce qu'elle faisait là et à qui elle pouvait bien appartenir, et puis je l'avais oubliée. Je n'y ai repensé qu'un moment après quand on nous a refusés dans le canot et que j'ai cru qu'on était perdus. J'ai pensé alors : il faut courir vers la barque, c'est notre seule chance.

DIQ. — C'est toi qui m'as guidé. Heureusement que tu avais encore tes lunettes. Juste en arrivant à la barque, je me suis évanoui. Je n'arrive pas à me rappeler pourquoi je me suis évanoui.

MOBIE. — Je peux te le dire maintenant qu'on est hors de danger. Tu t'es évanoui parce qu'un vieil homme t'a frappé par-derrière. Il a dû te frapper avec quelque chose de lourd, parce qu'il avait l'air faible et que je n'ai pas compris comment son coup avait porté si bien. Il s'apprêtait à monter dans la barque. Il ne m'a pas vu tellement il était heureux de te voir évanoui. Je l'ai frappé juste à ce moment-là par-derrière à l'endroit précis où tu m'avais

12

expliqué qu'il fallait frapper si j'avais à frapper un jour pour de bon. L'effet a été immédiat. Le vieil homme s'est évanoui tout de suite, faible comme il était. J'ai eu du sang-froid. Heureusement tu as repris très vite connaissance. Tu n'as même pas vu le vieil homme évanoui, tu t'es précipité vers la barque. Je ne sais pas comment on a fait pour embarquer. On a agi comme dans un rêve. Je ne me rappelle plus. C'est si incroyable qu'on soit tous les deux dans la barque loin du Tango qui sombre pendant que tous les passagers sont en train de périr dans les canots de sauvetage.

DIQ. — Je ne t'aurais pas cru capable de frapper un vieil homme pour de bon. Tu es sûre que tu ne viens pas de l'inventer ? Sur scène, tu as toujours manqué de sang-froid. Tu hésitais à frapper au moment où il fallait frapper, comme si c'était pour de vrai. Et là, tu aurais frappé pour de vrai sans hésiter. J'ai du mal à le croire. Mais, si tu n'as rien inventé, je suis fier de toi. Peut-être que la scène te paralysait sans que tu le saches ? Tu n'as jamais été une très bonne actrice, il faut l'admettre. Mais cette fois tu as agi comme une héroïne, Mobie, une véritable héroïne de théâtre.

MOBIE. — Toi et moi, on n'a jamais raisonné pareil. Sur le pont du Tango, quand j'ai frappé le vieil homme pour qu'il n'embarque pas, je me suis dit que j'étais dans la grande scène de Tango. C'est ça justement qui m'a donné le courage de frapper. Et toi tu me dis que le théâtre me paralyse et que je ne suis pas une bonne actrice. Alors que c'est tout le contraire, et que si j'étais une mauvaise actrice on

13

serait en ce moment en train de sombrer avec le Tango.

DIQ. — On s'égare, Mobie. L'essentiel, c'est qu'on soit dans la barque à l'abri du danger. Tu as du mal à respirer ?

MOBIE. — C'est le naufrage, et puis la barque qui m'a coupé le souffle.

DIQ. — Moi aussi, j'ai du mal à respirer. On n'a plus notre souffle d'autrefois quand on jouait Tango plusieurs heures d'affilée. On est à bout de souffle. Tu as vu, mon beau smoking est tout taché. C'est des taches de goudron. Je me suis taché quand je me suis évanoui. Le petit pont arrière était sale, plein de goudron et de cambouis. Le goudron, c'est difficile à partir, et, sur ma chemise blanche, c'est pire que sur mon smoking. *(Il redresse son nœud papillon.)* Tu n'as pas abîmé ta robe de bal. Tu restes élégante après tout ce qui s'est passé. Quelles que soient les circonstances, tu as toujours été élégante. Et là dans la barque après le naufrage du Tango, tu es encore plus élégante. Tu n'as jamais porté une aussi belle robe.

MOBIE. — Merci, Diq, d'être sensible à ma robe dans un moment pareil. Ça me réconforte. Ton smoking n'est pas perdu parce qu'il est taché. Il y a des produits qui détachent tout maintenant. Et puis, noir sur noir, ce n'est pas visible. C'est drôle comme la barque a été tout de suite emportée dans le courant. C'est grâce au courant qu'on a pu si vite s'éloigner du Tango. Jamais je n'aurais cru qu'on pourrait être entraînés si vite dans une barque qui tienne si bien la haute mer. On n'est

14

pas beaucoup secoués. La barque avance toute seule.

DIQ (*continuant de se retourner*). — C'est une chance pour toi de ne pas voir la scène qui se déroule là-bas autour du Tango. C'est une scène horrible. Des morts, des noyés, des canots disloqués, l'avant du Tango qui sombre dans la mer, des vagues géantes à l'assaut du Tango, exactement comme dans un film-catastrophe. Et ça nous arrive à nous, c'est la réalité et pas un tournage. Quand je pense qu'après l'échec du Tango on a eu l'idée de faire du cinéma. On n'a pas trouvé d'engagement, on nous a dit qu'on n'avait pas le physique et que notre jeu était trop théâtral.

MOBIE. — C'est vrai aussi qu'on a toujours pensé que le cinéma était un art mineur par rapport au théâtre. On n'a pas fait d'effort pour changer notre façon de jouer. On s'est peut-être trompés, le cinéma est peut-être un art majeur, comme le théâtre. On n'a jamais été voir de film-catastrophe.

DIQ. — Ce que je vois en ce moment, c'est exactement ce qu'on aurait vu à l'écran.

MOBIE. — Ce que ça change de ne plus voir à plus de dix mètres, surtout que toi tu regardes toujours au-delà. Pour moi, c'est comme si au-delà n'existait pas. Excuse-moi, Diq, de ne pas partager ton émotion. Si je ne suis pas émue comme toi, c'est parce que je ne vois pas ce que tu vois. Notre sauvetage a été une réussite, mais il a fallu que je perde mes lunettes. Dis-moi bien tout ce que tu vois afin que je sache ce que je ne vois pas, et que je comprenne ce que tu ressens et que moi je ne ressens pas.

15

DIQ. — L'avant du Tango vient d'être englouti dans la mer. On ne reconnaît plus le Tango, penché comme il est maintenant. J'aperçois encore le pont arrière. Mais je distingue moins bien la scène, la barque s'éloigne vite. Le pont arrière ne va plus tarder à sombrer. Je suis sous le choc de ce que je viens de voir.

MOBIE. — Moi aussi, je suis sous le choc, pas le choc de ce que tu viens de voir puisque je ne l'ai pas vu, mais le choc à retardement de tout ce que j'ai vécu aujourd'hui. Une telle catastrophe juste après l'ouverture du bal et avant le grand feu d'artifice de ce soir sur le pont du Tango. Tu n'as pas oublié, Diq, que, ce soir, ce devait être la plus grande fête de la croisière. Et maintenant le Tango est presque complètement englouti. Un feu d'artifice en pleine mer, quel spectacle ça aurait été. J'avais acheté cette robe de bal exprès pour la grande soirée du Tango. Et maintenant je suis naufragée dans cette vieille barque avec ma robe de bal. Quelle histoire dramatique, Diq, comme il n'en arrive qu'au théâtre. C'est normal qu'on soit tous les deux sous le choc. La barque nous change complètement du Tango. Du pont du Tango, la mer paraissait toujours égale, presque irréelle, comme un décor. On la regardait de loin. Dans la barque, c'est la vraie mer toute proche, si proche qu'on a qu'à laisser pendre le bras et on a la main dans la mer. Pourquoi tu te retournes toujours, puisque c'est si horrible à regarder ? Il y a encore quelque chose à voir ?

Coucher de soleil.

16

DIQ. — Je ne vois plus le Tango. Le pont arrière a sombré, tout le Tango est englouti maintenant. Je ne vois plus que la mer. Les vagues se calment là-bas où il y avait le Tango. Tu vois le ciel, Mobie ?

MOBIE. — Je ne vois pas les formes, mais je vois les couleurs. Le ciel est tout rouge.

DIQ. — Le ciel s'est embrasé juste quand le Tango a sombré. On dirait une vision. C'était impressionnant, l'engloutissement du Tango et l'embrasement du ciel en même temps.

MOBIE. — Le ciel, on dirait un tableau impressionniste.

DIQ. — Non, on dirait un tableau de l'apocalypse.

MOBIE. — Tous ces rouges pourtant qui se fondent exactement comme dans un tableau impressionniste.

DIQ. — Tu oublies que, sans tes lunettes, tu vois flou. Si tu avais vu le Tango sombrer pendant que le ciel s'embrasait, tu dirais comme moi que c'est une vision d'apocalypse, et pas un tableau impressionniste.

MOBIE. — Ce n'est pas de ma faute si je n'ai plus mes lunettes. C'était plus facile pour toi de monter le premier dans la barque, c'était moins risqué. D'habitude, c'est toujours les femmes qui montent en premier. J'ai voulu que ce soit toi parce que tu n'étais pas encore bien remis de ton évanouissement. Il faut m'excuser pour mon faux mouvement, c'était un embarquement délicat, surtout avec mes escarpins et ma robe longue, je n'avais pas la liberté de mes mouvements. Mes lunettes me manquent beaucoup. On ne peut pas se comprendre si bien qu'avant. C'est comme si on ne parlait plus la même langue si on ne voit plus la même chose.

DIQ. — Ne dramatise pas, Mobie, surtout ne dramatise pas. Il faut garder notre sang-froid et nous habituer à ne pas voir la même chose. L'essentiel, c'est qu'on vive ensemble la même chose dans la barque.

MOBIE. — Je suis rassurée quand tu me parles sur ce ton. Je me sens prête à tout affronter. C'est une grande chance que ce soit nous les seuls survivants du Tango.

DIQ. — C'était le plus beau paquebot. On l'avait choisi exprès pour la croisière parce qu'il était tout neuf, ultra-moderne. Il avait la plus haute fiabilité dans l'équipement, et le meilleur équipage. Tu te rappelles comme on était fiers le jour où on a embarqué. On avait du mal à croire que c'était à nous que ça arrivait.

MOBIE. — Je me rappelle tout exactement. On avait pris la classe luxe et la cabine luxe aussi. C'était un vrai rêve depuis le début de la croisière. Comme on attendait avec impatience la grande soirée de ce soir avec le feu d'artifice !

DIQ. — Le Tango avait été construit sur le même modèle qu'un paquebot qui a fait naufrage autrefois lors de sa première croisière. Je ne te l'avais pas dit. J'avais pensé que c'était une sécurité supplémentaire, la preuve que le Tango ne pouvait pas faire naufrage, puisque c'était déjà arrivé au premier paquebot. Je me suis trompé.

MOBIE. — Moi aussi, je me serais trompée à ta

18

place. Tu n'as rien à te reprocher, c'était impossible d'imaginer le naufrage du Tango.

DIQ. — Ce qu'il faut se dire, c'est qu'on a fait presque toute la croisière. Il nous restait seulement la dernière escale. Tous les bals, les concerts, on n'en a manqué aucun, on en a bien profité. On s'en souviendra toute notre vie.

MOBIE. — Ça a été une magnifique croisière. On se souviendra de tout. On l'avait attendu si longtemps, notre voyage de noces. Je n'y croyais plus quand tu m'as dit un soir : Mobie, c'est bientôt l'anniversaire de notre mariage. L'anniversaire de notre mariage, tu ne l'oublies jamais, et pourtant ça en fait des anniversaires depuis le temps qu'on est mariés. Mais ce soir-là, tu m'as dit : Mobie, ce n'est pas un anniversaire comme les autres, c'est nos noces d'or. Tu m'as dit, je m'en souviens très bien, il faut faire pour nos noces d'or le voyage de noces qu'on n'a jamais fait. Je ne t'ai pas cru. Après si longtemps, notre voyage de noces en même temps que nos noces d'or. C'est toi qui t'es occupé de tout, tu as choisi le Tango parce que c'était le plus beau paquebot. Tu m'as même dit : quelle heureuse coïncidence que le Tango fasse comme nous sa première croisière. Comme j'étais émue ce soir-là à l'idée de faire notre voyage de noces pour nos noces d'or. Tango, c'était un beau nom, un nom qui devait porter chance.

DIQ. — Il n'y a plus de Tango maintenant. La barque n'a pas de nom. Ça doit être l'effet du choc, on n'arrête pas de parler depuis qu'on est dans la barque comme si on était revenus au théâtre.

MOBIE. — C'est si bouleversant d'être en vie après un naufrage quand tous les autres passagers ont péri. Ça fait peur aussi. On se demande pourquoi nous. On ne sait rien de cette barque. Qu'est-ce qu'elle faisait sur le petit pont arrière du Tango ?

DIQ. — C'est vrai que c'était inattendu, une si vieille barque sur un paquebot tout neuf. C'est un modèle de barque qu'on ne fait plus depuis long-temps. Ça fait du vide partout, l'idée qu'on est les seuls survivants du Tango.

MOBIE. — Si je n'avais pas frappé le vieil homme qui t'a frappé, c'est lui qui serait le seul survivant du Tango, et nous qui aurions été engloutis dans la mer.

DIQ. — Tu as des remords ?

MOBIE. — Quels remords ? Je ne connaissais pas le vieil homme. Il t'a frappé le premier. Et il était trop faible pour affronter seul la mer dans cette barque. A deux, on est plus forts, même sans expérience. Avec un courant aussi rapide, il faut être fort pour tenir la barre comme tu le fais depuis le début. Tu as beau être sous le choc, tu tiens la barre comme un vrai marin.

DIQ. — Ce courant est notre salut. Sans lui, on aurait été pris avec la barque dans les vagues et rabattus contre le Tango. La barque aurait été renversée comme les canots de sauvetage.

MOBIE. — Le naufrage du Tango est incompré-hensible. Il n'y avait même pas la tempête.

DIQ. — Comment est-ce qu'on peut compren-dre, puisqu'on ne sait rien de ce qui s'est passé ? J'aurais dû me méfier au lieu de me rassurer quand j'ai appris que le Tango était construit exactement sur le modèle du paquebot qui a fait naufrage autrefois lors de sa première croisière. On avait dit alors que c'était un naufrage incompréhensible. Mais il doit y avoir un défaut caché et fatal dans la conception du modèle qui se retrouve dans les deux paquebots, puisqu'ils étaient identiques. C'est de ne pas connaître ce défaut qui rend le naufrage incompréhensible.

Silence. La nuit tombe.

DIQ. — Je ne vois plus aucune couleur dans le ciel. Le soleil a sombré comme le Tango tout à l'heure. Il ne reste aucune trace, Mobie. Comment est-ce possible ? Un si grand paquebot, tant de passagers, et plus aucune trace ?

MOBIE. — Tu oublies, Diq, que toi et moi on est les dernières traces du Tango, avec la barque. Il ne faut pas l'oublier. Pourquoi est-ce que tu l'oublies ? La tombée du jour, c'est un moment difficile pour toi. Ça te trouble toujours, la tombée de la nuit. Reprends-toi, Diq, et dis-toi qu'être les seuls survivants du Tango, ce n'est pas rien, c'est même quelque chose.

DIQ. — Il me faut du temps pour me faire à cette idée. Je n'ai pas l'esprit aussi vif qu'autrefois. Au théâtre, j'avais l'esprit bien plus vif que toi pourtant. C'était toujours moi qui te soufflais pendant tes trous de mémoire. Tu avais toujours un trou de mémoire au passage le plus important. Dans Tango surtout, tes trous de mémoire se multipliaient.

MOBIE. — Tango, c'est loin. Depuis Tango, tu as

vieilli plus vite que moi. On a beau avoir le même âge, on ne fait plus le même âge.

DIQ. — Tu t'avantages, Mobie. Tu oublies que ce qui t'avantage c'est ta belle perruque rousse qui cache si bien tes cheveux blancs. Tu fais illusion avec ton maquillage. Tu connais l'art du maquillage depuis le temps que tu fais du théâtre. Tu sais te servir de tous les artifices pour paraître plus jeune que moi. Mais on est vieux tous les deux maintenant que la croisière a mal fini et qu'on est dans la barque. Déjà avant la croisière on ne trouvait plus de rôle. Tu n'en trouvais pas plus que moi, c'est bien la preuve.

MOBIE. — Non, ce n'est pas la preuve. Notre échec au théâtre, ça n'a rien à voir avec notre âge, ça a à voir avec Tango. On a perdu notre réputation après l'échec de Tango. Si j'étais vieille comme tu le dis, je ne serais pas encore réglée comme je le suis, je serais ménopausée comme toutes les femmes d'un certain âge. Tu n'as rien à répondre à cet argument. Tu ne peux pas nier que je suis toujours réglée.

DIQ. — Mobie, ça fait des années que tu devrais avoir la ménopause. Tu n'as jamais voulu aller voir un docteur pour qu'il t'examine. C'est anormal à ton âge de ne pas avoir la ménopause. On vit un moment grave, unique, et toi tu viens te vanter d'être encore réglée comme si c'était un exploit, alors que c'est seulement anormal à ton âge.

MOBIE. — Tu me juges mal, Diq, pour croire que je cherche à me vanter ou à faire diversion dans un moment pareil. J'ai des raisons sérieuses pour te parler de mon cycle. J'en suis même toute remuée, rien que de devoir te parler plus clairement. Tu sais comme mon cycle a toujours été régulier, jamais un seul jour de retard, et toujours à la même heure, le matin au réveil. Eh bien, aujourd'hui, Diq, j'ai du retard pour la première fois. Tu sais comme moi ce que ça veut dire quand une femme a du retard, surtout une femme aussi régulière que moi. Tu vois bien que je n'ai pas l'âge que tu dis. Diq, je suis enceinte, juste à la fin de notre voyage de noces et de nos noces d'or. Alors tu peux quand même comprendre qu'on a beau avoir fait naufrage, j'ai le droit et le devoir de te parler d'une chose si importante qui m'arrive. Tu te rends compte, Diq, que j'attends enfin cet heureux événement que je n'attendais plus. Tu ne réponds rien. Tu trouves qu'il n'y a rien à répondre ? Pourquoi est-ce que tu ne réponds pas ? Tu as réponse à tout, d'habitude. Tu n'as jamais été aussi jeune que pendant la croisière, et maintenant tu dis qu'on est vieux. On ne peut pas être vieux. Si on était vieux, ce ne serait pas nous les seuls survivants du Tango. Dis quelque chose. Ce qui m'arrive, c'est aussi important que le naufrage du Tango, ça ne peut pas te laisser indifférent.

Diq. — Tu embrouilles tout exprès. Tu ne veux pas parler de l'échec de Tango parce que c'est de ta faute. J'aurais dû accepter les rôles que j'ai refusés à cause de toi pour qu'on joue Tango ensemble et que tu ne restes pas sans rôle. Sans moi, personne ne t'aurait engagée, même avant Tango.

Mobie. — C'est toi qui embrouilles tout exprès en reparlant de Tango alors que je t'annonce que je suis enceinte. Le théâtre, on était d'accord que

23

c'était fini avant la croisière et qu'il fallait oublier Tango. On voulait faire du music-hall après la croisière. Tu n'as pas sacrifié ta carrière en refusant tous ces rôles dont tu parles. Tu oublies qu'on m'engageait toujours avec toi parce qu'on ne savait jouer que des rôles complémentaires. Dans Tango, pour la première fois, ce n'était pas des rôles complémentaires. Ça nous a déroutés, on n'a pas su les jouer. Tu reparles de Tango pour détourner la conversation de l'heureux événement que j'attends.

DIQ. — Je détourne peut-être la conversation, mais c'est pour ne pas te dire des choses qui vont te faire de la peine. Le naufrage t'a causé un tel choc qu'il a enfin déclenché ta ménopause ainsi que le voulait la nature depuis longtemps. Tu n'es pas enceinte, Mobie ; à ton âge, ce serait contre nature. C'est le début de ta ménopause. Toi aussi, il faut que tu saches ce que je pense.

MOBIE (*fouillant dans la boîte à médicaments, qu'on ne voit pas*). — Il y a de tout dans la boîte à médicaments, sauf ce que je cherche. S'il y avait un test de grossesse, je ferais le test immédiatement sous tes yeux. Tu serais bien obligé de te rendre à l'évidence que c'est moi qui ai raison. Un test, c'est une preuve que tu ne pourrais pas nier. Une femme ne confond pas l'attente d'un heureux événement avec le début de sa ménopause. Comment peux-tu me dire une chose pareille ? C'est parce que tu envies mon rajeunissement soudain, alors que toi au contraire tu te sens vieux d'un seul coup depuis le naufrage du Tango. Si tu partageais avec moi l'at-

24

tente de mon heureux événement, tu te sentirais beaucoup moins vieux.

DIQ. — Il t'a fallu un naufrage pour t'imaginer que tu attendais enfin un heureux événement. Tu es ménopausée et on est des naufragés, c'est tout.

MOBIE. — Tu cherches à détruire ma joie. Tu n'as jamais été le même depuis Tango, sauf pendant la croisière. Mais la croisière, c'était un moment à part, notre voyage de noces et nos noces d'or en même temps. La croisière a mal fini, et tout recommence comme après Tango.

DIQ. — Rien ne recommence. Tango, c'est fini. Le Tango a sombré dans la mer. On vit une situation absolument nouvelle qui n'a rien à voir avec ton heureux événement.

MOBIE. — Puisqu'on est les seuls survivants du Tango, il faut un descendant à ces survivants. A quoi ça servirait sinon, d'être les seuls survivants, si on n'avait pas de descendant ? Tu vois bien que mon heureux événement s'inscrit au contraire dans la situation toute nouvelle qu'on est en train de vivre.

DIQ. — La terre est pleine de survivants et de descendants de survivants. Le Tango, ça ne représente plus rien sur la terre.

MOBIE. — Tu as remarqué que le courant ralentit ? La barque n'avance presque plus. On aurait bien besoin maintenant que le moteur soit en état de marche. Tu as une idée de là où on peut être ?

DIQ. — Aucune. Je n'ai pas étudié les cartes avant de partir, ni l'itinéraire. Je faisais une entière confiance à l'équipage, qui savait où il allait. Je ne sais même pas dans quelle mer on est. Depuis le début de la croisière on a changé plusieurs fois de mer sans s'en apercevoir. C'est la croisière la plus longue, celle qui faisait le tour des mers. On devait être sur le chemin du retour, puisqu'il n'y avait plus qu'une seule escale. Tu étais comme moi, je suis sûr que tu ne sais pas non plus quelle était la dernière escale, ni même la prochaine.

MOBIE. — C'est vrai, je ne sais pas.

DIQ. — Le courant nous a emportés si vite qu'on a dû faire du chemin depuis le naufrage du Tango. C'est une chance que la nuit soit claire. On se sent mieux dans la nuit avec toutes ces étoiles.

MOBIE. — La mer, c'est grand, surtout s'il y a plusieurs mers. On peut sûrement se perdre. Rien ne dit que le courant nous mène là où on voudrait aller. Il vaudrait mieux sortir du courant. Maintenant qu'il se ralentit, il ne nous est plus utile, puisque la barque n'avance presque plus.

DIQ. — C'est une bonne barque qui tient bien la haute mer. C'est dommage que tu ne puisses pas voir toutes les étoiles. Elles se reflètent dans la mer. On croirait qu'on navigue au milieu des étoiles. C'est un spectacle apaisant après ce qu'on a vécu aujourd'hui. Il y a de grands oiseaux blancs qui nous suivent. Ils suivent le courant et la barque. Tu les vois ?

MOBIE. — Non.

DIQ. — C'est des albatros.

MOBIE. — Je n'aime pas les albatros. C'est des oiseaux des mers. Je n'aime pas les oiseaux des mers. A part les albatros et les étoiles, tu ne vois rien d'autre ?

26

Diq. — Non, Mobie.

Mobie. — Qui te dit qu'on ne s'éloigne pas de la terre pour toujours ?

Diq. — La mer mène toujours à la terre. Tu es fatiguée, Mobie.

Mobie. — C'est vrai, je suis fatiguée. Dans mon état, et après tout ce que j'ai vécu aujourd'hui, c'est normal que je sois fatiguée. Pourquoi tu n'allumes pas la lanterne ? La nuit a beau être claire, je n'y vois pas assez clair. Ça fait du bien de ne plus sentir le courant.

Diq *(allumant la lanterne)*. — On dirait qu'on est bercés, tellement le courant est faible. La lanterne éclaire bien. On devrait se coucher contre les cordages. Il faut profiter que le courant est faible pour dormir. On n'a pas à se plaindre de la barque. Qu'est-ce que tu regardes ?

Mobie. — Le bois de la barque. Tu as remarqué comme il est vieux ? Je me demande bien à qui appartenait cette barque.

Diq. — Peut-être au vieil homme que tu as frappé. C'était un vieux marin.

Mobie. — Il n'avait pas l'air d'un vieux marin.

Diq. — Cette barque est à nous puisqu'on est les seuls survivants du Tango. Demain, il faudra ouvrir le coffre. Il doit y avoir dans le coffre les instruments de mesure et les cartes qui nous manquent pour nous diriger. Prends une couverture, Mobie, il va faire froid.

Ils se couchent contre les cordages, tout repliés et enveloppés dans la même grande couverture blanche.

27

MOBIE. — C'est comme s'il n'y avait plus le courant et qu'on était sur un lac. On a besoin de faire une bonne nuit. Qui aurait cru ce matin, quand on s'est réveillés dans notre cabine du Tango, que ce soir on dormirait à la belle étoile dans une vieille barque. Tu sens l'odeur du vieux bois ?

DIQ. — Je ne trouve pas que ça sente le vieux bois. Bonne nuit, Mobie.

Ils s'endorment serrés l'un contre l'autre. La lanterne reste allumée.

Barque de biais, à l'intérieur de la scène, à gauche.

*Brouillard épais avec des formes représentant comme
des récifs. Mobie couchée contre les cordages, Diq
assis à l'arrière de la barque.*

DIQ. — Mobie, réveille-toi, Mobie. On n'y voit
presque rien. Il y a du brouillard partout autour de
nous. Il y a plein de récifs au milieu du brouillard.
Cette nuit, on a dormi si profondément qu'on n'a
pas senti que le courant reprenait. Il nous a conduits
juste au milieu d'une zone de récifs. Mobie, on
risque de se fracasser avec la barque contre un récif.
Réveille-toi, j'ai besoin de toi à mes côtés.

MOBIE. — Pourquoi tu me réveilles si brutalement ? Tu sais bien que je n'aime pas être réveillée
brutalement, surtout quand je suis en plein rêve. Je
ne connaîtrai pas la fin de mon rêve. Quelle bonne
nuit j'ai passée, si calme, rien que des rêves agréables,
le dernier surtout, celui que tu as interrompu. C'est
le deuxième jour de ma grossesse aujourd'hui. Je

29

rêvais qu'on était dans un berceau tous les deux. On était deux jumeaux. Le berceau s'enfonçait lentement dans la mer, on n'était même pas mouillés. On regardait les poissons, les étoiles de la mer. C'est très beau Diq, les profondeurs de la mer. Dire que depuis la barque on ne voit que la surface et jamais les profondeurs. Quel dommage. La surface ne donne pas une idée des profondeurs. En ne voyant que la surface, on perd toute la beauté de la mer. Pourquoi tu n'écoutes pas mon rêve ? D'habitude, tu aimes bien que je te raconte mes rêves. Toi, tu ne fais que des cauchemars. Qu'est-ce que tu as ce matin ? Tu as fait un mauvais cauchemar et tu es encore dans ton cauchemar ? Tu as mauvaise mine. Ton smoking est encore plus froissé qu'hier. Tu aurais dû t'acheter un smoking qui ne se froisse pas pour un rien.

DIQ. — Tu n'as pas entendu ce que je t'ai dit. Je t'ai dit qu'il y a du brouillard et qu'on est au milieu d'une zone de récifs. Ce n'est pas un cauchemar, Mobie, on est en danger de mort. Il faut que tu m'aides avec la rame. Je ne peux pas tenir la barre et la rame.

MOBIE. — Des récifs autour de la barque ? Tu es sûr que ce n'est pas dans ton cauchemar ? Hier soir, rappelle-toi comme tout était calme, on ne sentait même plus le courant. Alors comment voudrais-tu que ce matin on se retrouve au milieu d'une zone de récifs ? Réfléchis Diq, ne te fie pas seulement à ta vue, ta vue peut te tromper.

DIQ. — Ce n'est pas bien difficile de réfléchir et de comprendre que le courant nous a emportés cette nuit sans qu'on s'en rende compte. On dormait si profond qu'on n'a pas senti quand il est redevenu rapide. Tu sais très bien que ce n'est pas un cauchemar et que les récifs sont là tout près, à quinze mètres de la barque. Tu as peut-être oublié que tu n'as plus tes lunettes et que tu n'y vois pas à plus de dix mètres.

MOBIE. — Je ne sais plus. Si on est bien dans une zone de récifs comme tu l'affirmes, alors c'est que j'avais raison hier soir de te dire qu'il fallait sortir du courant. Le courant est traître. Il est dangereux, puisqu'il nous a conduits là où tu dis qu'il nous a conduits, alors qu'on s'était endormis en se croyant en sécurité. Il y a sûrement des récifs que tu ne vois pas. Dans le brouillard, on ne peut plus se fier à sa vue. Diq, j'ai peur, j'ai encore plus peur de savoir que les récifs sont là autour de moi et de ne pas les voir.

DIQ. — Maîtrise ta peur, Mobie. Prends une des rames qui est au fond de la barque, et rame doucement. C'est une chance que la barque soit petite. A condition de bien la diriger, elle va pouvoir se faufiler entre les récifs. Si elle était un peu plus grande, elle ne passerait pas. Il ne faut surtout pas faire de fausses manœuvres ni de faux mouvements. On est sortis indemnes du naufrage du Tango, ce n'est pas pour aller se fracasser contre les récifs. Qu'est-ce que tu as à regarder la rame au lieu de t'en servir ?

MOBIE. — La rame est bien trop lourde pour moi. Elle est à moitié pourrie. Je n'ai pas de force dans les bras. Ce n'est pas le moment que je fasse des efforts. Les premiers jours d'une grossesse, c'est les plus délicats, il faut éviter tout effort. Il ne faut pas que je rame avec une aussi lourde rame, je risquerais des complications. D'ailleurs, je ne sais pas ramer et j'ai une mauvaise vue. De toute façon, avec une rame dans cet état, on ne peut pas ramer efficacement.

DIQ. — Mobie, ne me parle surtout pas de ta grossesse en ce moment. C'est moi qui ai la responsabilité de la barque, puisque tu refuses de ramer. Tu ne penses qu'à toi. Essaie de ramer au moins avec l'autre rame. Il va nous arriver malheur sinon, et tu n'as pas envie qu'il nous arrive malheur après le grand malheur qui nous est arrivé hier. On peut très bien ramer avec cette rame, à condition de vouloir.

MOBIE. — On dirait que ma grossesse te rend plus nerveux que les récifs. Ça devrait être l'inverse, surtout s'il y a tout le brouillard que tu dis. Parler de ma grossesse, ça m'aide à maîtriser ma peur. N'oublie quand même pas, Diq, que c'est grâce à moi qu'on est dans la barque. Tu as bien vu que la deuxième barque ne vaut rien. (*Secousse, qui les projette tous les deux à l'avant de la barque.*) Oh, Diq, qu'est-ce qui se passe ? Dis-moi ce qui nous arrive. Je n'y vois rien. C'est grave, ce qui nous arrive ?

DIQ. — Il arrive juste ce qui devait arriver parce que tu n'a pas ramé comme je te l'avais demandé. La barque a dû heurter un récif. Heureusement, c'est seulement l'avant de la barque. Ça n'a pas l'air grave.

MOBIE. — Comment peux-tu dire que ce n'est pas grave ? On ne peut pas évaluer les dommages dans le brouillard, surtout que les dommages ce n'est jamais vraiment évaluable tout de suite. Il peut y avoir de mauvaises surprises après coup. Le bois de la barque est vieux. Il faut se méfier du vieux bois, même quand il paraît solide. On est moins en sécurité qu'hier puisque l'avant de la barque a heurté un récif. J'aurais eu besoin du maximum de sécurité pour que ma grossesse commence dans les conditions les plus favorables à son développement futur.

DIQ. — Qu'est-ce que tu y connais en bois ? Il n'y a rien de plus solide que ce vieux bois. Il a fait ses preuves et il a très bien résisté au choc. Cette barque n'a que des qualités. C'est un modèle ancien, un modèle unique, et pas une barque de série. Tu vois bien que la barque ne prend pas l'eau. S'il y avait une brèche à l'avant, elle prendrait l'eau. Ce que tu es pâle, Mobie, qu'est-ce tu as ?

MOBIE. — C'est la secousse de tout à l'heure. Dans mon état, il n'y a rien de pire que les secousses. Sans mes lunettes, je me sens perdue. Et maintenant que je suis enceinte, j'ai des moments de faiblesse passagère.

DIQ. — C'est la faute à ce brouillard. On ne sait plus ce qu'on fait dans ce brouillard.

MOBIE. — Maintenant, tu vas être d'accord avec moi qu'il vaut mieux sortir de ce courant dès qu'on sera sortis de la zone des récifs. On ne peut pas se fier au courant, il est dangereux.

DIQ. — Hors du courant, ce serait encore plus

dangereux. On ne saurait pas quelle décision prendre. Et il n'y a pas qu'un courant, il y en a beaucoup d'autres, la mer est pleine de courants. On pourrait très bien se laisser entraîner dans un autre courant qui serait peut-être plus dangereux que celui-ci. Il faut continuer à suivre le courant, même si ce n'est pas ce qu'on croyait.

MOBIE. — Je ne me sens plus en sécurité dans la barque. Pourquoi est-ce qu'on n'entend pas de corne de brume ? On dirait que depuis le naufrage du Tango, on navigue sur une mer sans bateau. Pourtant, depuis le début de la croisière, on a toujours rencontré des bateaux. Comment tu expliques que tout à coup on n'en rencontre plus ? C'est comme si la mer était vide et que tous les bateaux avaient sombré avec le Tango.

DIQ. — On doit être dans une zone à l'écart de la route maritime. On n'a pas rencontré de bateau depuis vingt-quatre heures, ça n'a rien d'anormal. Le temps s'est beaucoup refroidi. Fais-toi un manteau avec la couverture, Mobie. Si tu restes seulement avec ta robe, tu risques d'attraper la pleurésie.

MOBIE. — Cette robe ne convient plus à la situation. Elle est pleine de pliures depuis que j'ai dormi avec. Le lamé, c'est très fragile comme tissu. Toute ma garde-robe a coulé avec le Tango. (Elle dispose la couverture blanche sur les épaules.) Tu ne dirais plus comme hier que je suis toujours élégante. Je dois être décoiffée. La couverture est bien chaude, ça doit être de l'angora à au moins trente pour cent.

Le brouillard se lève lentement, on ne voit plus les récifs.

DIQ. — La couverture blanche te va bien, Mobie, et elle te protège bien aussi. Je ne vois plus les récifs. On doit être enfin sortis de la zone des récifs. Le brouillard est moins épais. Mobie, on a réussi à traverser presque sans dommage la zone des récifs. C'est un exploit, on n'est pas des marins.

MOBIE. — Je me sens beaucoup mieux, tout à coup. L'air est plus léger, le courant ralentit de nouveau. C'est un courant irrégulier, on ne peut pas faire une vitesse moyenne. C'est un courant imprévisible, à tout point de vue. La barque ne bouge presque plus.

DIQ. — Si le brouillard continue de se lever, les avions de recherche vont pouvoir nous repérer.

MOBIE. — Quels avions ? On n'entend aucun bruit d'avion. La compagnie a pu très bien penser qu'il n'y a aucun survivant au naufrage du Tango. Tous les canots de sauvetage ont coulé. Et nous, on est loin du lieu du naufrage maintenant, et on n'est pas dans un canot de sauvetage. Qui nous dit que cette barque a été enregistrée à l'embarquement ? Elle n'est sûrement pas réglementaire. Son propriétaire l'a peut-être embarquée clandestinement. Si la compagnie ne connaît pas l'existence de cette barque, elle ne la recherchera pas. On dira que c'est un naufrage sans survivant. Il faudrait faire des signaux de détresse pour qu'on nous prenne pour des naufragés et qu'on vienne à notre secours. Les bateaux ont des longues-vues très puissantes, ils verront nos signaux de détresse. Le propriétaire de la barque n'a pas mis de radio, il a mis un magnéto à la place d'une radio. Il voulait sûrement naviguer sans contact. Il ne pouvait pas savoir que sa barque servirait à des naufragés. Peut-être qu'il y a des fusées de secours dans le coffre ? Il faut profiter que la barque ne bouge plus pour ouvrir le coffre. Il y a peut-être tout ce qui nous manque dans le coffre.

DIQ. — Tu as raison, il faut profiter que la barque est stable. Je peux lâcher la barre. Je suis aussi curieux que toi de savoir ce qu'il y a dans le coffre.

MOBIE. — Ouvre-le vite. Je sens une oppression à la poitrine. J'espère que ce n'est pas la pleurésie. Avec ma grossesse, ce serait contre-indiqué.

DIQ. — La serrure du coffre est fermée à clé et il n'y a pas la clé. Comment est-ce qu'on va faire pour ouvrir le coffre ?

MOBIE. — Il faut faire sauter la serrure. (*Elle fouille dans une boîte qu'on ne voit pas au fond de la barque, et elle en sort un petit couteau.*) Fais-la sauter avec ce couteau, c'est tout ce que j'ai trouvé.

DIQ. — Regarde les ferrures du coffre, comme elles sont anciennes. Il y a des initiales gravées dessus. C'est dommage de faire sauter une si belle serrure. Le coffre n'aura plus la même valeur une fois que sa serrure aura sauté.

MOBIE. — Tu as remarqué que le bois du coffre est le même que celui de la barque ? Ce doit être du vieux bois de cèdre. Ça sent exactement l'odeur du cèdre. Tu as une bonne vue, mais tu n'as pas un odorat très développé, pour ne pas distinguer l'odeur du vieux bois de cèdre d'avec l'odeur du bois ordinaire. La barque et le coffre, on dirait que ça ne fait qu'un. Ce doit être un héritage, tellement c'est ancien. Le propriétaire de la barque avait un ancêtre marin, ça expliquerait tout. Tu ne penses pas comme moi ?

DIQ. — Je pense à la serrure. Ce petit couteau n'est pas le bon couteau. Je n'arrive pas à faire sauter la serrure. J'ai abîmé le bois autour de la serrure, le couteau s'enfonce très facilement dans le bois. *(Il pousse un petit cri.)*

MOBIE. — Qu'est-ce qui t'arrive ? Pourquoi est-ce que tu saignes ? Qu'est-ce que tu t'es fait ?

DIQ. — Je me suis blessé au doigt avec le couteau. Je ne supporte pas la vue du sang. Comment est-ce que tu as fait pour être réglée si longtemps alors que tu aurais dû en être délivrée depuis des années ?

MOBIE. — A part le test de grossesse qui manque, il y a de tout dans la boîte à médicaments, il y a tout ce qu'il faut pour te faire un pansement. Fais attention maintenant avec le couteau. Il a beau être petit, c'est un couteau dangereux, il est tranchant comme s'il venait d'être affûté. Il ne manquerait plus que tu t'ouvres une artère en voulant faire sauter la serrure du coffre. Je ne sais pas comment on fait un garrot, je ne sais faire que les petits pansements.

DIQ. — Je vais faire très attention. J'ai manqué me trouver mal. C'est parce que j'ai voulu faire sauter la serrure trop vite. Ce que j'ai pu être maladroit, j'ai fait tout le contraire de ce qu'il fallait faire. Ça y est, j'y suis enfin arrivé. Soulève le couvercle, Mobie, je

veux que ça soit toi la première qui ouvre le coffre
et qui découvre ce qu'il y a dedans.

MOBIE *(regardant le contenu du coffre, qu'on ne
voit pas).* — Oh, Diq, ce que je suis déçue. Il n'y a
pas de fusées de secours dans le coffre. Ça doit être
le coffre d'un ancien capitaine. Regarde, c'est plein
d'instruments anciens comme on en a vu au musée
de la marine. Ils sont trop anciens pour pouvoir
marcher. On a besoin d'instruments modernes, pas
de pièces de musée.

DIQ. — Ne dis pas de mal de ces vieux instruments, Mobie. Ce sont de vraies pièces de collec-
tion. Je n'en ai jamais vu de pareils au musée de la
marine. C'est parce que tu n'y connais rien que tu
crois que tu as vu les mêmes, alors qu'au contraire
ce sont des pièces très rares, peut-être uniques. Tu
as vu le vieux livre ? Oh, ce n'est pas un livre, c'est
écrit à la main, c'est un journal.

MOBIE. — Quel journal ?

DIQ. — Le journal du capitaine. Tu as dit que
c'était le coffre d'un ancien capitaine. Tous les
capitaines tiennent un journal de bord. C'est dommage qu'il soit écrit dans une langue qu'on ne
connaît pas. Ça nous aurait fait de la lecture.

MOBIE. — Oui, c'est dommage. On n'a aucune
lecture sur cette barque. La lecture nous manque.
Diq, il y a une petite boîte au fond du coffre.
Ouvre-là. Il y a peut-être des lettres dans la boîte,
toute une correspondance.

DIQ. — Ce n'est pas une boîte, c'est un coffret.
Il n'y a pas de serrure, il n'y a qu'à soulever le
couvercle.

MOBIE. *(contemplant le contenu du coffret, qu'on ne voit pas)*. — Oh, Diq, ce n'est pas des lettres, c'est un coffret de bijoux avec des pierres précieuses. Ça vaut beaucoup plus que tous les instruments anciens.

DIQ. — Les deux valent beaucoup. On est riches, Mobie. Le coffre nous rend riches. Il est à nous, puisqu'on est les seuls survivants du Tango.

MOBIE. — Le capitaine allait sûrement se marier. Le coffret, c'était son cadeau de mariage à sa fiancée. Elle devait être de noble naissance, pour qu'il lui offre un si beau coffret.

DIQ. — On saurait tout si on pouvait lire le journal. Tout doit être raconté dedans. Rien ne prouve que le coffret était un cadeau de mariage. C'était peut-être un héritage que le capitaine transportait avec lui. On ne peut pas savoir, tant qu'on n'a pas lu le journal. On n'a plus à s'inquiéter pour l'avenir. Avec le coffre, notre avenir est assuré. Tu te rends compte de la chance qu'on a. On a fait naufrage, on a risqué ce matin de se fracasser contre les récifs en plein brouillard, et on se retrouve riches grâce au coffre de la barque.

MOBIE. — Tu sais ce que je vais faire tout de suite maintenant qu'on est riches. *(Elle enlève ses bijoux.)* Je vais mettre ce collier de pierres précieuses avec ces boucles d'oreille assorties. *(Elle les choisit dans le coffret.)* Je n'ai toujours porté que du toc. *(Elle met ses nouveaux bijoux.)* Les pierres vertes doivent bien aller avec ma chevelure rousse, tu ne trouves pas ?

DIQ. — Tu es très belle, avec ces bijoux. *(Il touche*

les pierres du collier.) Ce doit être des émeraudes. Ça met en valeur tes yeux. Tu vaux une fortune maintenant, Mobie, rien qu'avec ce collier d'émeraudes et ces boucles d'oreille assorties. *(Mobie jette ses anciens bijoux par-dessus bord.)* Qu'est-ce que tu fais ?

MOBIE. — Tu le vois bien. Je me débarrasse de mes vieux bijoux. Ce n'est pas la peine qu'ils encombrent la barque. Je n'en ai plus besoin et ils sont sans valeur. Qu'ils aillent rouiller au fond de la mer. Il me faudrait un manteau de fourrure pour aller avec mes bijoux.

DIQ. — Tu es très bien, avec ta couverture blanche. Si tu avais un manteau de fourrure, on ne saurait ce qu'il faut admirer le plus, la fourrure ou les émeraudes. Là, il n'y a pas de doute, c'est les émeraudes.

MOBIE. — Avec l'argent du coffre et du coffret une fois qu'on les aura vendus, on pourra s'acheter un music-hall, on l'appellera le Tango, c'est un beau nom pour un music-hall.

DIQ. — Je ne veux pas entendre parler de music-hall. Le music-hall, c'était parce qu'on voulait oublier le théâtre et qu'on était pauvres. On n'a pas la vocation du music-hall.

MOBIE. — On a toujours eu la vocation du théâtre. Avec l'argent, alors, on pourra s'acheter un théâtre, et on remontera Tango. On sera tout, acteurs, metteur en scène, régisseur. Peut-être que maintenant on saura comment jouer Tango.

DIQ. — Je ne veux plus entendre parler de Tango. Ça a été notre plus grand échec. Je ne veux pas faire de notre plus grand échec un succès. Je ne veux plus entendre parler du théâtre. Il faut réfléchir. Peut-être qu'on pourra faire un film de tout ce qui nous arrive depuis le naufrage du Tango. On aura assez d'argent pour faire un film.

MOBIE. — Quel genre de film ?

DIQ. — Il est encore trop tôt pour y penser. Je te promets que tu auras le rôle principal. Au cinéma, tu peux devenir une grande actrice.

MOBIE. — Merci, Diq, d'avoir pensé à me donner le rôle principal sans que je te le demande. Je ne voudrais pas mourir avant de jouer une fois dans ma vie un rôle de grande actrice.

DIQ. — Maintenant, il faut oublier le coffre. On n'avance pas. Il va falloir ramer un peu, Mobie. On fait du surplace depuis des heures.

MOBIE. — Tout nous arrive en même temps. On ne peut pas ramer avec ces rames.

DIQ. — Tu sais pourquoi on fait du surplace ? C'est parce qu'on est sortis du courant. On était tellement occupés avec le coffre qu'on ne s'est pas rendu compte qu'on quittait le courant. Où est-ce qu'il est maintenant ? C'est impossible de le retrouver. Tu dois bien avoir une idée de la direction qu'il faut prendre, toi qui voulais tant sortir du courant.

MOBIE. — Je ne regretterai pas le courant. La houle se lève. Laissons-nous porter par la houle. Le coffre et l'heureux événement que j'attends, c'est ce qu'on possède de plus précieux. C'est drôle, tout à coup, cette autre vie qui s'ouvre devant nous. Tout est bouleversé sans qu'on l'ait prévu.

DIQ. — Ne pense pas seulement à l'autre vie qui

s'ouvre devant toi, pense d'abord à maintenant et à la direction qu'il faut prendre. Beaucoup de choses dépendent de cette direction. C'est à toi de choisir, puisque c'est toi qui voulais sortir du courant.

MOBIE. — Je cherche, Diq, je cherche. Je peux très bien penser à l'autre vie qui m'attend et à maintenant en même temps. Ce n'est pas contradictoire, c'est complémentaire.

DIQ. — Pense en silence, au moins, pour que je n'entende pas tes pensées. Tes pensées ne correspondent pas à mes pensées.

MOBIE. — Tu ne peux pourtant pas nier, maintenant qu'on possède le coffre et qu'on va devenir riches, qu'il nous faut un héritier. A qui transmettre notre héritage, sinon ?

DIQ. — Il y a des héritages sans héritier.

MOBIE. — Je ne comprends pas.

DIQ. — C'est dommage que tu ne puisses pas voir l'horizon. C'est tout clair maintenant. Je ne vois rien à l'horizon, rien qu'une ligne absolument pure. Il n'y aura pas de coucher de soleil, le soleil est dans un voile. La lune s'est levée avant que le soleil soit couché. C'est la pleine lune. Tu as trouvé quelle direction on va prendre ? ça fait du temps que tu cherches.

La nuit tombe lentement.

MOBIE. — Je viens de trouver, juste quand la nuit est tombée, une inspiration subite en regardant le ciel. On va suivre l'étoile du Berger. C'est la seule étoile que je vois briller dans le ciel. C'est l'étoile que suivaient les rois mages.

DIQ. — On n'a rien à voir avec les rois mages. Il y a des millions d'étoiles qui brillent dans le ciel. Ce n'est pas une bonne raison, de suivre l'étoile du Berger parce que c'est la seule que tu vois. Tu confonds les histoires et les époques et tu n'y vois plus clair sans tes lunettes.

MOBIE. — J'y vois peut-être moins clair que toi, mais je pense que tout est clair, ou presque. L'étoile du Berger est la meilleure étoile. Ce n'est pas de ma faute si toutes les histoires se ressemblent et toutes les étoiles aussi. Cet après-midi, on a fait du sur-place. On devrait naviguer toute la nuit pour rattraper le temps perdu.

DIQ. — Je n'aime pas naviguer la nuit. On n'y voit pas comme en plein jour, même quand la lune est pleine. C'est moi qui tiens la barre, pas toi, et moi, je suis fatigué. Tu as oublié les récifs de ce matin et tous les efforts que j'ai faits pour faire passer la barque entre les récifs. Je préférerais dormir cette nuit et naviguer demain sans m'arrêter. *(Il se lève brusquement et se dirige vers l'avant de la barque.)*

MOBIE. — Pourquoi est-ce que tu te lèves si brusquement ? Fais attention, tu déstabilises la barque. N'oublie pas que je ne supporte pas les secousses. Tu as vu quelque chose ? *(Elle se lève à son tour.)*

DIQ. — Je vois un très gros poisson qui fait des bonds énormes hors de la mer. La lune éclaire son dos, son dos est tout argenté. C'est dommage que tu ne le voies pas. Il nage dans la même direction que nous.

MOBIE. — Oh, Diq, c'est une baleine, une baleine juste dans notre direction. J'avais raison de dire qu'il fallait suivre l'étoile du Berger. C'est de bon augure, d'apercevoir une baleine en pleine nuit juste dans la direction de l'étoile du Berger.

DIQ. — Ce n'est pas un assez gros poisson pour être une baleine. Si c'était une baleine, je l'aurais reconnue tout de suite.

MOBIE. — J'ai beau ne pas voir à plus de dix mètres, je sens que c'en est une. Je sens que c'est une baleine comme je sens dans mon ventre l'heureux événement que j'attends.

DIQ (s'écartant de Mobie). — Je ne vois plus rien du tout. Il a replongé dans les profondeurs. On n'avance pas en se laissant porter par la houle. Il faudrait ramer.

MOBIE. — L'important, pour moi, c'est de savoir que la baleine nous précède.

DIQ. — Si c'était une baleine, il n'y aurait pas de quoi être rassurés. Elle pourrait très bien faire demi-tour et renverser la barque. Il vaut bien mieux que ce ne soit pas une baleine.

MOBIE. — La baleine qui se dirige vers l'étoile du Berger ne fait pas demi-tour. On ne risque rien. Elle avance droit devant elle. Tu ne comprends rien à ce qui se passe. Je n'ai pas peur, et je me sens la force de naviguer toute la nuit sans dormir. Ce sera une nuit inoubliable. Il faut vivre une fois au moins dans sa vie une nuit inoubliable. La nuit du naufrage du Tango, ça aurait dû être une nuit inoubliable avec

44

le grand feu d'artifice sur le pont. Le naufrage a tout gâché.

DIQ. — Je me sens faible. C'est sûrement de m'être blessé au doigt et d'avoir perdu du sang. Je ne trouve pas cette nuit inoubliable. Je suis trop vieux pour naviguer la nuit.

MOBIE. — Je ne trouve pas qu'on est trop vieux. Ce qui nous arrive nous arrive juste quand ça devait nous arriver. Je me sens prête.

DIQ. — Prête pour quoi ? Je ne me sens prêt pour rien. Je devrais mettre une cassette dans le magnéto. J'ai besoin d'écouter de la musique. *(Il fouille dans une des boîtes qu'on ne voit pas.)* Tu veux écouter la musique avec moi ? Il y a un casque dans la boîte. Si tu ne veux pas écouter la musique, je met le casque.

MOBIE. — Mets le casque. Je n'ai pas envie d'écouter la cassette. J'ai envie d'écouter le silence de la mer.

DIQ *(avec le casque)*. — Les piles doivent être usées, le son n'est pas pur. C'est du violoncelle solo, exactement ce que je préfère comme instrument. Ça me détend d'écouter la musique.

Silence. Diq enlève le casque.

MOBIE. — C'est déjà fini ? Tu n'a plus envie d'écouter le violoncelle solo ?

DIQ. — La bande est coupée tout à coup avant la fin du morceau. C'est dommage, c'est vraiment un très beau morceau. Je ne le connaissais pas. Il faudra qu'on l'écoute ensemble. La barque n'avance pas.

MOBIE. — Mais si, elle avance. La houle nous porte juste dans la direction de l'étoile du Berger. La mer est immense, on a du mal à se rendre compte qu'on avance. Tu ne vois plus la baleine ?

DIQ. — Ce n'était pas une baleine. Je ne peux plus oublier ce morceau de violoncelle solo. Je m'en souviens comme si je le connaissais, alors que je l'entends pour la première fois. Je suis trop fatigué maintenant pour continuer à tenir la barre.

MOBIE. — La nuit est longue. C'est normal que tu sois fatigué. Mets ta tête sur mes genoux. On va pouvoir dormir maintenant. Il n'y a plus de houle, on peut laisser la barque dériver. Moi aussi, je suis fatiguée, et j'ai envie de dormir.

Mobie met sa tête sur le dos de Diq, qui a sa tête sur les genoux de Mobie. Ils s'endorment assis à l'arrière de la barque dans cette position, tandis que la nuit s'achève.

Barque parallèle à la scène, presque au milieu, un peu à l'intérieur.

Lumière grise.

DIQ *(s'éveillant et se redressant).* — Tu étais réveillée, Mobie, et tu m'as laissé dormir ? Tu aurais dû me réveiller. J'ai trop dormi. Ça dérègle tout, de dormir le jour. La nuit va bientôt tomber.

MOBIE. — Ce n'était pas une bonne position pour dormir, assis tous les deux à l'arrière. J'ai des courbatures partout et des fourmis dans les jambes. J'ai très mal dormi. Je me suis réveillée tout le temps à cause du jour. On n'a pas l'habitude de dormir le jour, je n'ai pas eu une bonne idée. J'ai fait un mauvais rêve. On était tous les deux dans le ventre de la baleine. On ne pouvait ni parler ni bouger. La baleine n'arrêtait pas de faire des bonds. J'avais mal au cœur. J'étais très malheureuse. Quand je me suis réveillée, j'ai cru que tu étais mort. Quand tu dors, tu ressembles à un mort. Je t'ai tâté le pouls, il battait régulièrement. Alors j'ai été rassurée, j'ai su que tu n'étais pas mort. J'ai bien fait de ne pas te réveiller. Tu as l'air plus reposé qu'hier. Ta barbe te va bien, elle te donne un genre. J'ai essayé de tenir la barre, mais la barque va dans tous les sens. J'ai perdu la direction de l'étoile du Berger. Je ne sais pas dans quelle direction on va. Reprends la barre, Diq. J'ai mal dans le bas-ventre. Je crains une grossesse à risques. J'ai comme un pressentiment. Toutes les complications qui peuvent arriver pendant une grossesse, j'ai peur qu'elles m'arrivent. Ça m'angoisse tout à coup, d'être enceinte à mon âge, surtout que tu ne partages rien de mon angoisse.

DIQ. — Si tu cessais de penser à ta grossesse, tu aurais moins mal dans le bas-ventre, et tu serais rassurée de te dire que c'est le début de ta ménopause. Tu n'as pas entendu de bruit d'avion pendant que je dormais ?

MOBIE. — Non, c'est sûr que maintenant on nous a portés disparus comme tous les passagers du Tango. Si notre barque est repérée, on va nous prendre pour des plaisanciers. On ne correspond pas au signalement des naufragés, et on n'a aucun signal de détresse à émettre, malgré notre grande détresse.

DIQ. — On dirait que ça t'affecte, qu'on ait été portés disparus ?

MOBIE. — Non, puisqu'on n'est pas disparus pour de vrai. On n'a pas de famille, pas d'ami. Personne n'a de chagrin de nous croire disparus. Même au théâtre, on nous a oubliés. Nos noms ne disent plus rien à personne, depuis l'échec de Tango.

DIQ. — C'est mieux de n'avoir ni famille ni ami. On n'a pas d'héritier ni d'héritage. Notre seule richesse, c'est le coffre, et on l'a avec nous bien arrimé à la barque. On peut faire ce qu'on veut. On peut très bien ne jamais réapparaître, ou réapparaître sous un autre nom.

MOBIE. — Réapparaître sous un autre nom, je n'y avais pas pensé. C'est peut-être une bonne idée, surtout si on veut faire du cinéma. Tu sais, j'ai réfléchi à cette zone de récifs qu'on a traversée hier. C'était peut-être un détroit entre deux mers. On aurait changé de mer depuis hier matin. C'est peut-être une mer fermée, ça expliquerait qu'elle soit si peu fréquentée.

DIQ. — Elle n'est pas fermée, puisqu'il y a un détroit.

MOBIE. — Tu m'as dit hier que la zone des récifs était si étroite que seule une petite barque comme la nôtre pouvait la franchir. Alors on est les premiers à l'avoir franchie et à pénétrer dans cette mer fermée par le détroit. Qu'est-ce que tu en penses ?

DIQ. — C'est une hypothèse, on n'a pas de preuve. Je regrette de ne pas m'être intéressé à la géographie marine.

MOBIE. — Je ne suis pas sûre que ça nous servirait, d'être savants en géographie marine. Il y a trop de nuages dans le ciel. Il fait froid et humide. Tu devrais faire comme moi, t'envelopper dans une couverture. Il n'y a pas que moi qui peux attraper la pleurésie. Les couvertures sont bien chaudes.

DIQ (*s'enveloppant dans une couverture noire*). —
Ça ne m'empêchera pas d'avoir froid aux pieds.
Mes chaussures de bal ne sont pas adaptées. La
semelle est trop fine, le bout est trop pointu. Mon
sang circule mal.

MOBIE. — Ce n'est pas la première fois que tu as
des problèmes circulatoires. Je vais te masser les
pieds pour te les réchauffer et faire recirculer le
sang. Tu aimes bien que je te masse les pieds. Il ne
faut pas que ton sang se coagule. Fais bouger tes
doigts de pied.

DIQ. — Donne-moi une pilule de vitamines, il y
a une boîte de vitamines dans la boîte de médicaments. Je dois manquer de vitamines. Les nuages
sont trop bas. Il va sûrement pleuvoir. On ne voit
même plus le soleil. Ça n'a servi à rien de suivre
l'étoile du Berger toute la nuit dernière. Il faudrait
ramer un peu, on n'avance pas.

MOBIE. — Tu sais bien que ça ne sert à rien de
ramer. Quoi que tu en dises, on avance. Il y a un peu
de brise.

DIQ (*fouillant dans la boîte à médicaments, qu'on
ne voit pas*). — Tiens, une boîte de pilules stimulan-
tes. Tu devrais en prendre une, Mobie. Il faut tenir.
Ça fait seulement trois jours qu'on a fait naufrage.
Ce qui est rassurant, c'est de savoir qu'aucune mer
n'est infinie. Il faudrait que tu te décides à ramer un
peu, Mobie, si tu veux arriver quelque part. Tu ne
voudrais pas arriver nulle part ?

MOBIE. — On ne voit aucun bateau, on ne voit
pas le soleil, on ne verra pas l'étoile du Berger cette
nuit avec tous les nuages. Rien n'est encourageant.

Ramer avec ces rames, ce serait un effort inutile. Je me sens abattue. Je vais prendre une pilule stimulante, c'est une bonne idée. Je suis de plus en plus inquiète pour ma grossesse. Je n'ai pas un début de grossesse heureuse.

DIQ. — Moi aussi, je me sens abattu. On n'aurait pas dû naviguer la nuit dernière, ça n'a servi à rien, et maintenant on est à bout. Le sommeil du jour n'est pas un sommeil réparateur. Tu as mal dans le bas-ventre, j'ai le sang qui circule mal. On traverse une crise de désarroi. Ça arrive à tous les naufragés. Elle se produit le troisième jour. On n'est pas les premiers naufragés, il y en a beaucoup d'autres avant nous dans l'histoire.

MOBIE. — Ça me réconforte de pouvoir donner un nom à ce que je ressens et de savoir que je ne suis pas la première à le ressentir. Je t'ai massé comme il fallait. Ton sang recommence déjà à circuler ? Tes pieds se réchauffent. Tu vas te sentir mieux si tu as chaud aux pieds.

DIQ (caressant les cheveux de Mobie). — Tu sais très bien me masser les pieds, tu as exactement les gestes qu'il faut. Je me sens beaucoup mieux maintenant que mon sang recircule. Toi aussi tu vas te sentir mieux bientôt grâce à la pilule stimulante. (Il se lève brusquement, imité par Mobie.) Oh, Mobie, j'aperçois quelque chose là-bas.

MOBIE. — Qu'est-ce que c'est ? Pourquoi tu ne me dis pas tout de suite ce que tu aperçois quand tu aperçois quelque chose ? Tu sais bien que je ne vois pas à plus de dix mètres.

DIQ. — Je n'arrive pas à savoir ce que c'est. La

lumière est mauvaise. Le ciel et la mer se confondent presque. Heureusement qu'il y a une brise qui nous porte dans la bonne direction. C'est une énorme masse au milieu de la mer. C'est comme une épave, mais ce n'est pas l'épave d'un bateau. On dirait que ça ne bouge pas. Il y a des oiseaux par dizaines qui volent au-dessus, des oiseaux que je ne connais pas.

MOBIE. — Oh, Diq, tu sens l'odeur ? Ça sent de plus en plus fort. Ne me dis pas que tu ne sens pas ?

DIQ. — Je sens une mauvaise odeur. Ça ne peut pas venir de la barque. D'où est-ce que ça peut venir ?

MOBIE. — D'où est-ce que tu veux que ça vienne ? Ça ne peut venir que de cette masse que tu vois flotter. C'est une masse en putréfaction. C'est exactement l'odeur de la putréfaction.

DIQ. — La brise s'est arrêtée, c'est une chance. Si on avait continué de s'approcher, on n'aurait pas pu supporter l'odeur. Je vois bien plus nettement maintenant cette masse qui ne bouge pas et qui dégage comme tu le dis l'odeur pestilentielle. Tous ces oiseaux qui volent au-dessus, attirés par l'odeur, c'est incroyable comme spectacle.

MOBIE. — Dis-moi ce que c'est. J'ai le droit de savoir ce que c'est.

DIQ. — Ça va te faire un choc quand je vais te le dire. C'est une baleine morte qui flotte. Elle est morte depuis longtemps, pour dégager une telle odeur.

MOBIE. — Une baleine morte ?

DIQ. — Il n'y a pas à se tromper. C'est même une énorme baleine. Jamais je n'aurais imaginé qu'une baleine pouvait être aussi énorme. Dans quel état elle est, attaquée de partout.

MOBIE. — Que c'est triste que la première baleine qu'on rencontre soit une baleine morte qui dégage une forte odeur pestilentielle. Rien qu'à l'odeur, je m'imagine son état de décomposition. Je préfère ne pas avoir mes lunettes. Voir, ça doit être bien pire que d'imaginer. Quelle funeste vision ça doit être pour toi, Diq.

DIQ. — Je ne peux pas te le dire. C'est plus horrible que tout ce que j'ai vu. Le Tango en train de sombrer, c'était un spectacle horrible, mais grandiose. Le Tango a sombré intact. Je comprends que tu n'aimes pas les oiseaux des mers, ils sont sans pitié pour la baleine.

MOBIE. — De quelle couleur elle est ?

DIQ. — Noire, elle est d'un beau noir encore. C'est un mâle, pour avoir une taille pareille. Même dans l'état où elle est, elle est encore impressionnante.

MOBIE. — Comment est-ce qu'elle a pu mourir ?

DIQ. — Je ne sais pas, Mobie. Peut-être d'une maladie mortelle ? Ou bien d'une très grande vieillesse ? Les baleines ne sont pas immortelles. Le vent se lève, il nous éloigne de la baleine. C'est mieux pour nous de nous en éloigner.

MOBIE. — Quelle malchance que cette baleine soit notre première rencontre. On n'a rien pour se diriger, on n'a que des instruments anciens qui ne nous servent à rien, puisqu'ils ne marchent pas. On est perdus, Diq.

DIQ. — Tous les naufragés ont connu le même

sort que nous. On a beau avoir le coffre et le coffret, ça ne change rien à notre condition de naufragés.

MOBIE. — Comment est-ce que je peux avoir une grossesse normale dans des conditions aussi anormales ? J'ai peur d'accoucher d'un enfant mort-né ou d'un enfant malformé. Ce serait affreux, Diq. Je me sens vieille tout à coup, ma grossesse ne me rajeunit plus.

DIQ. — On ne sent plus l'odeur. On s'est vite éloignés de la baleine. Ça va aller mieux maintenant. Ta pilule stimulante ne devrait plus tarder à faire son effet. Je vais allumer la lanterne. La nuit va bientôt tomber.

Tombée de la nuit. Diq allume la lanterne.

MOBIE. Ça me fait du bien, de regarder la lanterne. La barque est pleine de reflets. On dirait une lanterne magique au milieu de la mer. On ne pense pas qu'on est naufragés quand on regarde la lanterne. Avant qu'on se couche, tu devrais mettre la cassette dans le magnéto, pour qu'on écoute ensemble le morceau de violoncelle solo que tu as trouvé inoubliable hier soir en l'écoutant avec le casque. Ce soir, j'ai besoin de musique.

Diq met la cassette dans le magnéto, qu'on ne voit pas. On entend la musique, affaiblie, tremblotante. Mobie et Diq, serrés l'un contre l'autre écoutant la musique d'un air très recueilli.

MOBIE. — C'est déjà fini ? Quel dommage que ça

s'interrompe avant la fin. C'est un très beau morceau. Moi non plus je ne le connaissais pas.

DIQ. — Ça ne me gêne pas que ça s'interrompe avant la fin. Ça reste comme en suspens dans la mémoire, je trouve même que c'est encore plus beau.

MOBIE. — C'est la deuxième fois que tu l'écoutes. Tu as un avantage sur moi. C'est vrai ce que tu disais hier, qu'on garde après la musique dans la tête.

Mobie et Diq se couchent contre les cordages sous les couvertures.

MOBIE. — On est bien abrités du vent. On ne voit plus la mer, on ne voit plus que la lanterne. On dirait que la barque tourne doucement sur elle-même.

DIQ. — On a bien chaud sous les couvertures. Ça nous repose d'être allongés. Ce que la nuit est noire par rapport à hier. On dirait que toutes les étoiles sont mortes. On devrait prendre un somnifère pour faire une bonne nuit. La barque qui tourne doucement sur elle-même, ça ne te rappelle rien ?

MOBIE. — Qu'est-ce que tu veux que ça me rappelle ? Oh, Diq, ça me revient tout à coup. On était au fond de la barque, et la barque tournait tout doucement sur elle-même comme maintenant. C'était le jour de notre première rencontre. On s'est rencontrés au bord du lac, sur le ponton, devant une barque amarrée. On a été faire une promenade en barque. On a laissé dériver la barque. On s'est couchés tout au fond pour ne plus voir que le ciel. C'était notre première fois, Diq. Comment ai-je pu oublier ? Ça fait si longtemps.

DIQ. — C'est comme si on se rencontrait de nouveau pour la première fois.

MOBIE. — Non, maintenant on est trop vieux pour se rencontrer pour la première fois. Hier encore je ne croyais pas que j'étais vieille. Aujourd'hui je sais que je suis vieille. C'est le pire moment pour être enceinte, juste quand on devient vieille.

DIQ. — Tu ne peux pas être enceinte, puisque tu as toujours été stérile.

MOBIE. — Stérile, ça ne veut rien dire. On se croit stérile, et puis tout à coup on est féconde. Tu n'as jamais voulu admettre ces brusques revirements dans la nature. Depuis la croisière, il s'est passé assez de choses pour expliquer que je ne sois plus stérile. Je ne peux pas regretter la croisière qui m'a rendue féconde, même si ça arrive un peu tard. C'est dommage qu'on ne soit pas d'accord sur ma grossesse, parce qu'on n'a jamais été aussi proches l'un de l'autre que maintenant. Il fallait que notre vie d'avant la croisière ait une fin. Ce doit être la pilule stimulante qui fait son effet. Je reprends confiance tout à coup. C'est peut-être aussi d'avoir retrouvé le souvenir de notre première rencontre, quand on était au fond de la barque. C'était un moment parfait. J'ai déjà sommeil.

DIQ. — Moi aussi. Bonne nuit, Mobie.

Ils s'endorment cachés sous les couvertures contre les cordages. La lanterne continue d'éclairer la scène.

DIMANCHE

*La barque, au centre et au milieu de la scène, de
face.*

*Barque blanche. Mobie se réveille, soulève les couver-
tures, la tête de Diq apparaît. Brume légère.*

MOBIE. — Diq, réveille-toi. Regarde, la barque est
toute blanche. C'est de la neige, Diq. Il a neigé cette
nuit. On croyait qu'il allait pleuvoir et il a neigé.
Avec le somnifère, on n'a même pas entendu tomber
la neige. La barque recouverte de neige, quelle
bonne surprise.

DIQ. — C'est sûrement la neige qui m'a donné ce
mauvais cauchemar. La neige, je ne trouve pas que
c'est une bonne surprise. La neige, c'est froid.

MOBIE. — Il a beau avoir neigé cette nuit, il ne fait
pas froid ce matin. Regarde, la brume se lève, il va
faire soleil. Profite du spectacle de la neige. Tu as
toujours fait de mauvais cauchemars, ça n'a rien à
voir avec la neige qui est tombée cette nuit.

DIQ. — C'est mon pire cauchemar. Je n'aime pas

la neige. Dans mon cauchemar, la baleine n'était pas morte. Elle chargeait la barque, la barque coulait. Tu disparaissais dans les profondeurs de la mer. Je t'appelais, je te cherchais, mais tu avais disparu. Dans mon cauchemar, ce n'était pas comme dans ton rêve, les profondeurs de la mer étaient toutes noires. Je n'avais aucun moyen de te retrouver, Mobie. J'étais en train de me noyer quand tu m'as réveillé. Tu m'as réveillé au bon moment. *(Il la serre dans ses bras.)* Tu es là, Mobie, bien vivante. C'était terrible de t'avoir perdue dans la mer, plus terrible encore que de me noyer. On aurait dû apprendre à nager avant de faire la croisière. On a sûrement changé de latitude, pour qu'il ait neigé cette nuit. Tu te rends compte qu'on ne sait pas nager ?

MOBIE. — A quoi ça nous servirait ? La barque est stable, il n'y a aucun danger qu'on tombe à la mer. Regarde, le ciel devient presque aussi bleu que la mer.

DIQ. — Mes chaussures de bal sont trempées. Le vieux bois doit devenir poreux, pour que le fond de la barque soit mouillé. Qu'est-ce qu'on va devenir, si le vieux bois devient poreux ?

MOBIE. — Ce n'est pas le vieux bois qui devient poreux, c'est à cause de la neige. Moi aussi, mes escarpins sont trempés. On n'a aucun vêtement de rechange. Ton smoking et ma robe de bal sont méconnaissables, on dirait des loques.

DIQ. — Tu me rassures, Mobie. Avec ce soleil, tes émeraudes étincellent. On ne voit que ton collier d'émeraudes, un vrai collier de reine.

MOBIE. — J'aurais l'air d'une mendiante si je

n'avais pas ce collier. Sur le pont du Tango, c'était toujours l'été, et maintenant il a neigé. Comment tu expliques ce brutal changement de saison ?

DIQ. — On a peut-être changé d'hémisphère quand on a franchi la zone des récifs. On est peut-être toujours dans la même mer, mais plus dans le même hémisphère.

MOBIE. — On aura peut-être plus de chance dans le nouvel hémisphère. Ce que la mer est calme, c'est une matinée exceptionnellement belle et paisible. Quel jour on est ?

DIQ. — Le naufrage a eu lieu jeudi. C'est le quatrième jour qu'on est naufragés, alors aujourd'hui on est dimanche. On devrait se reposer, profiter de dimanche et d'une mer aussi calme. *(Il lâche la barre et laisse dériver la barque.)*

MOBIE. — On devrait pêcher. Regarde le banc de poissons juste le long de la barque. On n'aura aucun mal à attraper les poissons.

DIQ. — Pêche si tu veux, moi je me repose. De toute façon, il n'y a qu'une seule canne à pêche. Je vais te regarder pêcher.

MOBIE *(empoignant la canne à pêche et se levant)*. — C'est la première fois que je pêche. Je vais lancer la canne juste au milieu du banc de poissons. Tu ne trouves pas que la canne est un peu petite ? On dirait la canne à pêche d'un enfant.

DIQ. — Tu devrais te rasseoir. Les pêcheurs pêchent toujours assis.

MOBIE. — Je préfère pêcher debout. Je contrôle mieux ce qui se passe. Ça ne mord pas. Ça devrait pourtant mordre vite, avec tous les poissons qu'il y

a. Pourquoi ça ne mord pas ? Je voudrais attraper un gros poisson. C'est dommage qu'il n'y ait pas d'appareil-photo dans la barque. Tu me photographierais en train de pêcher. Ça nous aurait fait des souvenirs pour plus tard. On n'aura même pas de photo souvenir.

DIQ. — Arrête de bouger. Tu fais bouger la barque et tu fais fuir le poisson. Assied-toi et pêche tranquillement.

MOBIE. — Je veux attraper un gros poisson pour qu'il me porte bonheur. J'ai besoin d'un porte-bonheur pour ma grossesse.

DIQ. — Ce n'est pas tout à fait un dimanche comme un autre, même si c'est un dimanche.

MOBIE. — Un dimanche, c'est toujours un dimanche. Qu'est-ce que tu as, Diq ?

DIQ. — Une faiblesse, Mobie, la tête me tourne.

MOBIE. — Prends un comprimé effervescent, ça va te remettre, il y en a dans la boîte à médicaments. Oh, Diq, regarde, ça mord. Ça doit être un gros poisson. Tu as vu comme le fil tire. Aide-moi, tu vois bien que je n'y arrive pas toute seule. Quelle belle prise je vais faire.

DIQ. — Ne t'agite pas comme ça, tu fais bouger la barque dangereusement. Tu vas tomber à la mer, au lieu d'attraper un gros poisson.

MOBIE. — Oh, Diq, le fil s'est cassé, regarde, le poisson s'est sauvé. Tu aurais dû m'aider à tenir la canne.

DIQ. — Il vaut mieux que la canne soit cassée. Pêcher, ce n'était pas une bonne idée.

MOBIE. — Je suis triste. J'ai pêché pour rien. J'ai

eu un faux espoir. Mon dimanche est gâché. Pourquoi tu es si pâle ?

DIQ. — Tu as oublié que j'avais une faiblesse et que la tête me tourne. Il n'y a pas que toi qui as des malaises. J'ai des palpitations. Je me sens sans force. On a beau être dimanche, c'est notre quatrième jour de naufrage. Je n'ai jamais aimé les dimanches, alors j'aime encore moins ce dimanche-là que les autres.

MOBIE. — Prends ton comprimé effervescent maintenant. La barque ne bouge plus. Tu vas aller mieux. C'est vrai qu'on est seuls tous les deux, abandonnés du monde dans l'autre hémisphère sous une latitude inconnue. Moi aussi je sens que je m'affaiblis. Il y a un peu de houle. La houle, ça va nous faire du bien. Le sang circule mieux quand il y a de la houle.

DIQ *(se levant)*. — Il me semble que j'aperçois quelque chose là-bas dans la direction du soleil. On dirait un grand rocher ou une petite île.

MOBIE. — Quand est-ce qu'on va l'atteindre ?

DIQ. — Il faudrait naviguer toute la nuit, si on veut l'atteindre demain matin.

MOBIE. — Je suis contente qu'on ait aperçu l'île un dimanche. On dit toujours qu'il ne se passe rien le dimanche. C'est bien la preuve que c'est faux. C'est encore mieux que d'avoir attrapé le gros poisson qui s'est enfui.

DIQ. — Bientôt l'île surgira devant toi comme une apparition.

La nuit tombe. Diq allume la lanterne.

MOBIE. — On a de la chance, le vent nous pousse juste dans la bonne direction. Tu as remarqué que c'était la direction contraire de l'étoile du Berger ?

DIQ. — L'île, c'est plus important que l'étoile du Berger.

MOBIE. — L'île, c'est une terre d'asile pour les naufragés. On a besoin d'une terre d'asile.

DIQ. — Le vent est fort. Il ne faut surtout pas que je lâche la barre, pour maintenir le cap sur l'île.

MOBIE. — Tu devrais remettre le magnéto en marche, pour qu'on réentende l'air de violoncelle solo.

Début du morceau, puis arrêt soudain.

MOBIE. — Pourquoi tu arrêtes avant la fin ? On n'a entendu que l'ouverture.

DIQ. — Je n'ai rien arrêté du tout. C'est la pile qui doit être usée, ou bien la bande. L'ouverture, c'est le plus beau moment du morceau.

MOBIE. — On ne sait pas où l'on va. On va vers l'île, mais on ne sait rien de l'île.

DIQ. — Il aurait fallu pouvoir déchiffrer le journal. Il y a de tout dans le coffre, mais rien ne nous sert. Heureusement que tu profites de ton collier d'émeraudes.

MOBIE. — Cette nuit est longue, plus longue que l'autre nuit. Remets le magnéto en marche encore une fois. Peut-être que cette fois il va bien marcher. La pilule stimulante ne me fait aucun effet cette nuit.

On réentend quelques notes, puis plus rien.

DIQ. — Ça s'aggrave. Il n'y a rien à faire.

MOBIE. — Alors on ne pourra plus écouter le violoncelle solo ?

DIQ. — C'est une chance d'avoir pu l'écouter. On se le rappellera.

MOBIE. — Je ne me sens pas bien. La barque en mer, toujours, c'est contre-indiqué pendant une grossesse. Le vent est trop fort, on est trop secoués.

DIQ. — C'est ce qui nous a permis d'avancer aussi vite. C'est bientôt la fin de la nuit. Les nuits sont plus courtes dans cet hémisphère. Regarde, Mobie, l'île, à dix mètres devant nous.

MOBIE. — Je ne vois que des rochers noirs. *(Elle s'accroche à Diq.)*

DIQ. — Qu'est-ce que tu as, Mobie ?

MOBIE. — Une grande faiblesse, Diq, comme si j'allais m'évanouir. C'est peut-être l'émotion d'atteindre l'île.

DIQ. — Reposons-nous en attendant le jour.

Il aide Mobie à se coucher contre les cordages. Ils s'endorment dans leur position habituelle sous les couvertures. On entend le bruit de la barque qui s'échoue près du rivage.

LUNDI

La barque de face, au milieu, juste au fond de la scène.

Lumière grise.

MOBIE *(sans sa perruque ; seule dans la barque, assise contre les cordages).* — J'ai la nausée. *(Elle essaie de se lever, se rasseoit.)* Ce que la tête me tourne. Je ne peux pas me lever. Où est Diq ? Il a dû partir explorer l'île dès qu'il s'est réveillé. J'espère qu'il va revenir avec de bonnes nouvelles. Ça ne va pas aujourd'hui, avec cette nausée. C'est ma première nausée. Je ne me sens pas tranquille sans Diq. L'île est peut-être pleine de dangers inconnus. Diq a voulu me montrer qu'il n'a peur de rien. *(Elle veut se recoiffer et découvre qu'elle n'a plus sa perruque.)* Où est ma perruque ? Elle n'est nulle part. Diq va avoir une mauvaise surprise en me revoyant sans ma perruque. Il pensera que je fais mon âge, comme lui. *(Elle essaie de se coiffer.)* J'ai encore de beaux cheveux, mais ils sont presque gris.

Ça doit beaucoup me changer, de ne plus avoir ma perruque. Il n'y a pas de miroir dans la barque. Je ne peux même pas savoir quelle tête j'ai. Il vaut peut-être mieux. Je dois avoir mauvaise mine. L'île n'a pas l'air accueillante. Qu'est-ce que j'aperçois au fond de la crique ? On dirait une barque. S'il y a une barque au fond de la crique, c'est que l'île est habitée.

Réapparition de Diq, l'air abattu. Il se rasseoit à l'arrière de la barque.

MOBIE. — Oh, Diq, que je suis contente que tu sois enfin revenu. J'étais très inquiète. On ne peut jamais savoir ce qui peut arriver sur une île inconnue. Tu as un drôle d'air. Tu as l'air déçu.

DIQ. — Laisse-moi reprendre mon souffle. Comment tu te sens, Mobie ?

MOBIE. — Mal. Je ne peux pas me lever, j'ai la tête qui me tourne dès que je me lève. Mais parle-moi vite de l'île. Je suis si impatiente de savoir comment elle est. Dis-moi ce que c'est que cette barque que j'aperçois tout au fond de la crique. C'est bien une barque ?

DIQ. — C'est une barque exactement du même modèle que la nôtre. Je croyais que notre barque était un modèle unique. Je me suis trompé. C'est exactement le même bois aussi, mais il est tout pourri par je ne sais quelle maladie. La barque ne peut plus servir à rien. J'ai eu une drôle d'impression en découvrant cette barque. Elle ressemble tellement à la nôtre. On pourrait croire que c'est le même ouvrier qui a fait les deux barques. L'île n'est pas pour nous. Ce ne sera pas la peine que tu la visites. Tu es bien mieux dans la barque que sur l'île.

MOBIE. — Tu es dans tous tes états, Diq. Je ne comprends rien à ce que tu me racontes. Qu'est-ce qui t'a tant déplu dans l'île ? Je ne suis pas venue jusqu'à l'île pour rester dans la barque à la regarder depuis la mer. Qu'est-ce qu'il y a dans l'île qui ne te plaît pas ? Après tout ce qu'on a vécu, on demande un asile, même si ce n'est pas un asile riant. Remets-toi, Diq. Même pelée, l'île, c'est mieux que la mer. J'ai besoin de m'y installer le temps de ma grossesse. Mon état s'aggrave. La tête me tourne tellement que je ne peux même plus me lever. J'ai perdu ma perruque. Tu n'as même pas remarqué que j'ai perdu ma perruque ?

DIQ. — Mais si, Mobie, je l'ai remarqué tout de suite, mais je te préfère sans perruque. Tes cheveux gris adoucissent ton visage et c'est en accord avec ton âge. Ta perruque rousse n'était pas ton genre. Je ne regrette pas que tu l'aies perdue. Ce n'est pas parce que tu portais une perruque rousse dans Tango qu'il fallait ensuite toujours porter la même perruque rousse. Surtout que tu as de beaux cheveux.

MOBIE. — C'est gentil, ce que tu me dis. Mais je suis quand même très peinée d'avoir perdu ma perruque. Je me préfère en rousse. Ça me donne un genre qui me plaît, même si ce n'est pas mon genre. Qu'est-ce que tu as vu dans l'île qui ne te convient pas ?

66

Diq. — Il faut renoncer à l'île, Mobie, parce que c'est une île sans eau. Quand j'ai escaladé les rochers de la crique et que j'ai aperçu le petit vallon juste derrière, j'ai eu de l'espoir. Mais le vallon est en train de mourir. Il y avait une source qui a tari. Toute la végétation du vallon se meurt.

Mobie. — Alors, on arrive trop tard ? Une île sans eau, c'est invivable. Il n'y a aucun remède possible.

Diq. — Je ne t'ai pas encore tout dit. Près de la source tarie, au milieu d'un bosquet, il y a une cabane. La porte était bien fermée. Je suis entré quand même. J'ai dû forcer la porte, tellement elle était bien fermée. Je n'aurais pas dû entrer dans la cabane. Rien que de devoir te raconter ce que j'ai vu en ouvrant la porte, j'en suis tout retourné, et je me sens mal de nouveau. Tu ne peux pas imaginer ce que j'ai vu en entrant dans la cabane ?

Mobie. — Je peux très bien l'imaginer. Puisqu'il y a une barque dans la crique, même si tu dis que c'est une barque pourrie, c'est qu'il y a au moins un habitant dans l'île. Tu l'as vu dans la cabane et tu as eu une mauvaise surprise.

Diq. — Oui, Mobie, mais tu ne peux pas deviner quelle mauvaise surprise j'ai eue. Il est mort depuis des jours, sûrement de soif. Il est dans un état indescriptible, juste en face de la porte qu'il a si bien fermée. Il est assis, il se tient droit, je ne sais pas comment c'est possible. On dirait qu'il garde l'entrée de la cabane. Je l'ai vu de si près, Mobie. Quelle odeur dans la cabane. La baleine était morte aussi, mais on est restés à distance, et puis, une baleine morte, ça n'a rien d'humain, ça ne fait pas le même effet. J'étais si proche qu'il m'aurait suffi d'étendre le bras pour toucher le mort. Il n'y a pas de mot pour dire ce que j'ai vu dans la cabane.

MOBIE. — Tu es trop impressionnable, Diq. Un mort, c'est un mort. Il ne sera pas toujours dans cet état où tu l'as vu. Bientôt il n'aura plus rien d'effrayant. Il faut être capable de supporter la vue d'un mort. La baleine morte, c'est le contraire de ce que tu dis, c'est beaucoup plus effrayant, justement parce que ça n'a rien d'humain. Je n'aurais pas eu les mêmes réactions que toi devant le mort. Il était seul dans la cabane ?

DIQ. — Je ne sais pas, Mobie. Je ne suis pas entré à l'intérieur, je n'ai vu que lui, juste à l'entrée, comme un gardien. Il faisait sombre à l'intérieur. Il y avait un coffre au pied du mort. C'est le même coffre qu'il y a dans notre barque. C'est le coffre qui devait aller avec la barque de la crique. Et sur les genoux du mort, Mobie, il y avait un livre ouvert. Ce n'est pas un livre. C'est écrit à la main, la dernière phrase n'est pas terminée. C'est son journal. Il est mort en écrivant son journal. Je ne l'ai pas pris. Je n'ai même pas voulu savoir dans quelle langue c'est écrit. J'étais complètement paralysé par cette vision.

MOBIE. — C'est dommage que tu n'aies pas pris le journal. On aurait pu comparer avec celui qu'on possède. C'est un naufragé qui a mal fini. Tu es très affaibli, Diq, pour ne pas supporter la vue d'un mort.

DIQ. — J'ai pensé que c'était peut-être un naufragé de ce paquebot qui ressemblait au Tango et qui a fait naufrage lors de sa première croisière il y a des années. Il aurait vécu dans l'île sans que personne ne sache.

MOBIE. — Je suis troublée. Tu as fini par me troubler, moi aussi. Je ne sais plus quoi te dire. A ta place, j'aurais pris le journal.

DIQ. — On ne prend pas le journal des mains d'un mort. Je ne veux rien savoir de lui. Je voudrais ne l'avoir jamais vu. On aurait dit qu'il me connaissait et qu'il savait qui j'étais. Il me regardait fixement. Je sais bien qu'il ne me regardait pas, puisqu'il est mort, mais c'était exactement comme s'il me regardait. On ne m'a jamais regardé comme ça. Tu comprends maintenant pourquoi ce n'est pas la peine que tu ailles visiter l'île. Le vallon était un endroit riant, et maintenant c'est le vallon de la mort, Mobie.

MOBIE. — On est maudits. Depuis qu'on est dans la barque, on ne fait que de mauvaises rencontres ou aucune rencontre. J'espérais tant pouvoir m'installer dans l'île. Tu es sûr qu'en creusant un puits on ne trouverait pas d'eau ? On pourrait alors enterrer le mort, désinfecter la cabane et l'habiter ensuite. On essaierait de ne pas penser au mort qui nous a précédés dans l'île. Il a eu une fin tragique. Mais lui au moins il a profité de l'île et de son vallon riant avec sa source et son bosquet. Il y a peut-être même été heureux, alors que nous on est malheureux.

DIQ. — Tu penses bien, Mobie, qu'il a eu l'idée de creuser un puits. Il en a même creusé plusieurs, mais il n'a rencontré que le roc. Je me demande d'où venait cette source. Elle s'est tarie aussi mystérieusement qu'elle a dû apparaître. Il n'est pas question d'enterrer le mort dans l'état où il est.

MOBIE. — Quelle déception de devoir reprendre la mer. J'ai toujours la tête qui me tourne. Je n'aurais même pas mis les pieds sur l'île. Tu es sûr qu'on ne doit pas faire un effort sur nous-mêmes pour enterrer le mort ? Il a le droit d'être enterré.

DIQ. — Tu n'as pas compris, Mobie, que sa cabane est devenue son tombeau. C'est pour ça qu'il l'avait si bien fermée. Je n'aurais jamais dû forcer une porte aussi bien fermée. C'est comme si j'avais violé un tombeau.

MOBIE. — Si la cabane est un tombeau, alors l'île est un cimetière. On n'a plus assez de résistance pour supporter toutes ces journées sans espoir de secours. Viens t'asseoir près de moi contre les cordages, c'est l'endroit le plus confortable de la barque. La barque ne bouge pas, c'est presque comme si on était sur la terre.

DIQ (s'asseyant à côté de Mobie et fouillant dans une de ses poches). — J'allais oublier, Mobie, j'ai trouvé un œuf dans un nid, je te l'ai rapporté. J'ai de la chance qu'il ne se soit pas cassé. L'autre côté de l'île est plein d'oiseaux. Ils nichent dans les trous des falaises. C'est la saison des amours.

MOBIE. — C'est gentil d'avoir pensé à me ramener cet œuf. Il est gros et il a une belle coquille. Mais il n'est pas comestible. Pourquoi les oiseaux ne viennent pas de ce côté de l'île ?

DIQ. — Ils doivent préférer les falaises. Tu n'as pas besoin de les voir, puisque tu n'aimes pas les oiseaux des mers.

MOBIE. — Pour une fois, j'aurais eu envie de les voir, à la saison des amours, c'est distrayant. Il n'y a rien à voir depuis la barque que les rochers noirs et les galets gris. L'île vue de la mer est encore plus sinistre que la mer. Tout est gris aujourd'hui.

Diq examine l'avant de la barque.

MOBIE. — Qu'est-ce que tu regardes ? Tu vois quelque chose d'alarmant ?

DIQ. — Rien, pas même la plus petite brèche. Le vieux bois est toujours en bonne santé. C'est d'avoir vu l'autre barque pourrie qui m'a troublé. Mais il n'y a pas à s'inquiéter, notre barque n'est pas pourrie. Il n'y a pas à regretter l'île, Mobie.

MOBIE. — Je la regretterais moins si tu participais à l'heureux événement que j'attends avec plus d'appréhension, vu les circonstances. Je continue d'avoir mal au bas-ventre, ça ne peut pas être bon signe. J'ai beau ne pas être jeune, je suis sans expérience. Tu ne mets même pas la main sur mon ventre pour sentir là où ça vit en moi. Je ne comprends pas que tu ne veuilles pas de descendant. Un descendant, c'est un réconfort quand on vieillit. Dans notre situation, on n'a plus que jamais besoin d'un réconfort, ça devient même une nécessité, pour nous, d'avoir un descendant. Il ne nous arrive que des malheurs, à part l'heureux événement que j'attends.

DIQ. — Tu ne peux pas comprendre que, pour moi, un descendant, c'est le contraire d'un réconfort. Qu'est-ce qu'on ferait d'un descendant juste-

ment dans notre situation ? Tu y as pensé, Mobie ?
Même toi, tu ne saurais pas quoi en faire. Si tu avais
tant voulu un descendant, tu n'aurais pas été stérile
jusqu'à maintenant, puisque tu dis que la stérilité
n'est pas une fatalité. Tu n'es pas faite pour avoir un
descendant.

MOBIE. — N'en parlons plus, puisque c'est un
sujet de désaccord entre nous. On avait tant espéré
de la croisière. On devient si faibles de jour en jour.

DIQ. — Il faudrait ne plus penser à rien pour
oublier tout.

MOBIE. — Si on avait toujours suivi l'étoile du
Berger, on n'aurait pas fait de mauvaises rencontres.

DIQ. — Qu'est-ce que tu en sais ? Le ciel est de
plus en plus sombre.

MOBIE. — Si je n'étais pas enceinte, jamais je
n'aurais la force de reprendre la mer demain. L'île
n'est pas une terre d'asile. Nous voilà rejetés à la
mer. On aurait dû faire notre voyage de noces juste
après notre mariage. Pourquoi avoir attendu nos
noces d'or pour le faire ? Tout a été décalé. Ça a des
conséquences graves, d'avoir mélangé les temps, on
ne s'y reconnaît plus. Notre vie aurait été différente
si on avait fait notre voyage de noces après notre
mariage. Tout est faussé par ce grand décalage de
temps. Tu ne veux pas croire à ma grossesse. Si
j'étais jeune mariée, tu y croirais.

DIQ. — Je trouve qu'il vaut mieux être de vieux
mariés que de jeunes mariés. C'est la preuve que
notre mariage n'est pas une erreur. Ça justifie
d'avoir fait notre voyage de noces en même temps
que nos noces d'or. Je suis sûr que tu as oublié que

demain c'est l'anniversaire de notre première rencontre au bord du lac. On s'est rencontrés un mardi, et demain on est mardi.

MOBIE. — C'est vrai, c'était un mardi. On n'y pense jamais, à l'anniversaire de notre première rencontre. Alors, mardi, c'est un bon jour pour reprendre la mer. Notre rencontre dans la barque, quand on était couchés tout au fond et qu'on ne voyait que le ciel, c'était un moment parfait. Pourquoi est-ce qu'on n'a pas vécu d'autres moments parfaits ?

DIQ. — Les moments parfaits sont toujours uniques. Il n'y en a qu'un dans une vie. Quand on commence comme nous par un moment parfait, après c'est toujours des moments imparfaits.

MOBIE. — C'est le plus dur, alors, de commencer par un moment parfait. Ça me donne confiance pour demain, que ce soit un mardi. L'île, mieux vaut l'oublier.

DIQ. — Pour moi, ce sera difficile d'oublier le mort. Je le revois encore qui me regardait.

MOBIE. — Le mardi de notre première rencontre, ça a décidé de tout notre avenir. Comme ça me fait drôle, de remonter si loin dans le temps.

DIQ. — Tu as des regrets, Mobie ?

MOBIE. — Je ne regrette pas le moment parfait dans la barque. Comment est-ce que je pourrais le regretter ? Mais quel dommage qu'il n'y ait qu'un seul moment parfait dans une vie.

La nuit tombe doucement. Mobie et Diq s'endorment serrés l'un contre l'autre sous les couvertures contre les cordages.

MARDI

Barque de biais, à droite, à l'intérieur de la scène.

Lumière très sombre.

DIQ. — Le vent nous pousse vite. Bientôt on ne verra plus l'île.

MOBIE. — Je ne la vois plus. Je n'ai rien vu de l'île, rien vécu sur l'île. Toi, au moins, tu as vu le mort. J'ai très mal au bas-ventre, comme si j'allais avoir mes règles. Ce n'est pourtant pas possible, puisque je suis enceinte.

DIQ. — Tu ne peux pas oublier ton ventre ? La journée s'annonce mal, avec tous ces nuages. Moi, j'ai des crampes à l'estomac et je ne suis pas en train de te parler de mon estomac. Pourtant, mon estomac, c'est aussi important que le ventre.

MOBIE. — Tes crampes, c'est nerveux.

DIQ. — Tu ne vois pas comme je m'affaiblis. Je dois avoir des hémorragies internes. Tu ne penses qu'à ta grossesse.

MOBIE. — Tous ces nuages noirs te rendent

74

nerveux. Le vent n'a jamais été aussi fort. Hier la barque ne bougeait pas, aujourd'hui elle bouge trop. Ça fait un contraste brutal avec hier. C'est peut-être l'annonce de la tempête.

DIQ *(allumant la lanterne).* — C'est le début du jour, mais on dirait que c'est la fin. S'il y a des bateaux au loin, ils nous repéreront grâce à la lanterne allumée. Les vagues sont hautes.

MOBIE. — La mer est de plus en plus agitée. Tu as bien fait d'allumer la lanterne. La flamme a baissé, mais elle éclaire encore. On a besoin de secours d'urgence. On ne pourra plus tenir long-temps, depuis six jours qu'on est naufragés. J'ai très peur de la tempête. Une barque, ce n'est pas un paquebot. Le Tango avait été construit pour résister à toutes les tempêtes, pas la barque.

DIQ. — C'est notre première tempête.

MOBIE. — La première tempête, c'est comme un baptême.

DIQ. — Accroche-toi bien, Mobie. Il faut que je tienne la barre. Je dois maintenir le cap plein vent. Les vagues feraient de nous ce qu'elles voudraient si la barque n'était plus dirigée.

MOBIE. — Il faut alléger la barque. La barque est trop lourde pour la hauteur des vagues.

DIQ. — Tu as raison. On n'a qu'à se séparer du moteur, puisqu'il ne marche pas. Il pèse lourd et c'est un poids mort.

MOBIE. — Ça ne sert à rien de se séparer du moteur. Le moteur est léger. C'est le coffre qui est lourd. Il faut jeter le coffre.

DIQ. — Tu es folle. Le coffre, c'est notre fortune.

Notre avenir dépend du coffre. C'est la seule chose au contraire qu'il faut garder avec nous toujours et défendre contre la tempête. Tu m'entends, Mobie ? Pourquoi tu es si pâle ? Tu ne supportes pas la tempête, tu as le mal de mer ? Il y a des comprimés contre le mal de mer dans la boîte à médicaments. Prends-en deux en même temps. Il ne faut pas que tu t'évanouisses pendant la tempête.

MOBIE. — Ce n'est pas le mal de mer. Il y a un caillot de sang dans ma culotte et ça continue de saigner. Ce n'est pas mes règles qui sont revenues. Je suis en train de faire une fausse couche. Ce mal de ventre depuis des jours, c'était mauvais signe. Tu ne voulais pas me croire. La tempête est fatale à ma grossesse. Elle a fini par me provoquer une fausse couche. Tu dois être content. Maintenant, c'est sûr, je ne serais plus jamais enceinte. On n'aura pas de descendant. Je vais avoir la ménopause directement après la fausse couche. Tu as tant souhaité que j'aie ma ménopause. On n'aura pas d'héritier. Alors pourquoi garder le coffre, puisqu'il n'y aura pas d'héritier à qui le transmettre. On a raté Tango. Le Tango a sombré dans la mer. J'ai fait la fausse couche. La mer se déchaîne. Pourquoi garder le coffre ? Tu vois bien qu'il alourdit la barque ?

DIQ. — Tu perds la tête, Mobie. La tempête, ça te fait perdre la tête. Tu n'es pas en train de faire une fausse couche. Ça doit être une complication de ta ménopause liée au choc causé par la tempête. Mobie, reprends-toi. Il faut faire face à la mer déchaînée et sauver le coffre. Accroche-toi bien, je ne peux pas à la fois tenir la barre et te retenir.

MOBIE *(en boule au fond de la barque)*. — Je suis sans force, Diq. Je t'en supplie, jette le coffre. Tu vois bien que la barque est trop lourde. Moi, je dois me résigner à ma fausse couche. Alors, toi, tu peux te résigner à perdre le coffre. On a toujours vécu sans. Et depuis qu'on l'a, il ne nous sert à rien. Pourquoi tout à coup tu te raccroches à ce vieux coffre ? Regarde mon collier d'émeraudes. Les émeraudes se décolorent et le doré se rouille. Ce n'étaient pas de vraies émeraudes. C'est du toc. Si les pierres précieuses du coffret sont sans valeur, le coffre aussi est sans valeur.

DIQ. — Tu ne comprends pas que je suis attaché à ce coffre, même si tu me dis qu'il est sans valeur. C'est comme s'il avait appartenu à mon ancêtre.

MOBIE. — Quel ancêtre ? Tu ne connais aucun de tes ancêtres. Tu ne veux pas de descendant et voilà que tu t'inventes un ancêtre. Il faut être conséquent, Diq. Si tu ne veux pas avoir de descendant, ce n'est pas pour avoir un ancêtre. On est tout seuls, sans ancêtre et sans descendant. Oh, la flamme de la lanterne vient de s'éteindre. On y voit mal sans lanterne, on se croirait presque dans la nuit. La tempête, ça devait nous arriver, comme à tous les naufragés. Mais, après une tempête, il y a des pertes et des dommages. Si on jetait le coffre, peut-être que ce serait suffisant comme perte. Je ne veux plus porter ce collier, dans l'état où il est. Je n'ai toujours porté que des bijoux en toc.

Lumière plus claire.

DIQ. — Les nuages s'éloignent, le vent diminue. C'est bientôt la fin de la tempête. Ce n'était pas la peine de jeter le coffre. J'ai bien fait de ne pas t'obéir. Ce qu'on peut se sentir abandonné dans une tempête.

MOBIE. — J'ai vécu en même temps une tempête et une fausse couche. Ça a aggravé ma détresse.

DIQ. — Je ne me suis jamais senti aussi seul et faible que pendant la tempête. Ça aurait été une perte irrémédiable pour moi que ce coffre. La barque et le coffre font un tout. Il aurait manqué quelque chose à la barque sans le coffre. Jamais je ne m'en serais séparé, j'aurais préféré couler avec. Tu as beau être désespérée pour ta fausse couche, tu n'as pas voulu prendre le risque de couler, tu préférais perdre le coffre. Tu te raccroches à la vie même quand tu dis que tu n'as plus d'espoir.

MOBIE. — Tu es injuste. C'est la fin de la tempête. Il n'y a presque plus de vagues.

DIQ. — La tempête est finie, mais on est toujours des naufragés et la tempête nous a encore affaiblis.

MOBIE. — Tant de barques auraient chaviré et la nôtre a tenu. La tempête, c'est fatal pour les barques qui ne rentrent pas à temps au port.

DIQ. — Prends la barre, Mobie, je n'en peux plus. Je dois avoir une chute soudaine de tension.

MOBIE *(se rasseoit à l'arrière de la barque à côté de Diq)*. — Tout redevient calme. On est hors de danger. Ma fausse couche est finie. Prends un comprimé qui fait remonter la tension. On ne tiendrait pas sans la boîte à médicaments. Il va falloir que je m'habitue à la ménopause. Tu te sens mieux ?

DIQ. — Ça me fait du bien, ce calme après la tempête. Rapproche-toi de moi, Mobie. Laisse la barque dériver, tu peux lâcher la barre, maintenant qu'il n'y a plus de vent. On a besoin de se retrouver.

Assis côte à côte, ils regardent la mer.

MOBIE. — J'aime bien être dans la barque à côté de toi après la tempête. On vient de courir un grave danger et on est sains et saufs. On est nés sous une bonne étoile. Tu as vu, la mer est verte. Elle a toujours été bleue ou grise, jamais verte. Verte, ça donne une idée de sa profondeur.

DIQ. — Je préfère quand elle est bleue. Je n'aime pas l'idée de la profondeur.

MOBIE. — On dirait que le temps s'est arrêté.

DIQ. — Comme le mardi où on s'est rencontrés pour la première fois. La tempête nous a fait oublier qu'aujourd'hui mardi c'est l'anniversaire de notre première rencontre.

MOBIE. — On pourrait s'imaginer que le temps s'est arrêté depuis notre première rencontre.

La nuit tombe lentement. Diq se lève brusquement.

MOBIE. — Pourquoi tu te lèves ? On était bien, assis côte à côte à regarder la mer. Cette tombée de la nuit est si paisible.

DIQ. — La-bas, au loin, juste devant nous et avançant dans la même direction que nous, j'aperçois un paquebot aussi grand que le Tango. Je pourrais même croire que c'est le Tango si je ne l'avais pas vu sombrer tout entier dans la mer. Mobie, on a retrouvé la route maritime, on n'est plus perdus.

MOBIE. — Un paquebot qui ressemble au Tango ? C'est dommage qu'il fasse nuit et que la flamme de la lanterne soit éteinte. On ne verra pas notre barque depuis le paquebot. Demain, quand le jour se lèvera, le paquebot sera loin, et on sera de nouveau tout seuls sur la mer.

DIQ. — C'est dommage que tu ne puisses pas voir le paquebot. Il est tout illuminé. Il doit y avoir une grande fête à bord. Oh, Mobie, j'aperçois dans le ciel de grandes gerbes multicolores au-dessus du paquebot. C'est un feu d'artifice.

Mobie se lève et rejoint Diq.

DIQ. — Quel beau feu d'artifice. Tu vois quelque chose ?

MOBIE. — Je distingue comme un halo de lumière au loin. Ça ne ressemble pas à un feu d'artifice. Le halo éclaire la nuit là-bas au loin. C'est notre barque qui est dans la nuit. Ça me rend triste de voir le halo, et de repenser tout à coup au feu d'artifice qui n'a pas eu lieu sur le pont du Tango à cause du naufrage.

DIQ. — Il ne faut plus être triste, Mobie. La nuit est claire, on y voit comme s'il y avait la lanterne. C'est réconfortant de savoir qu'on a retrouvé la route maritime. Demain on rencontrera un autre paquebot. Il nous repérera. En plein jour, notre barque est bien visible. Demain on sera sauvés. On arrive à la fin de nos peines. On va pouvoir passer une nuit tranquille.

MOBIE. — Tu crois qu'on pourra oublier le naufrage du Tango ?

DIQ. — Tu pleures, Mobie ? Pourquoi tu pleures ? Il n'y a plus de raison de pleurer.

MOBIE. — C'est imprévisible, la mer, et si grand. On va être obligés de faire du music-hall pour gagner notre vie. Le coffre et le coffret ne valent rien. On n'est pas riches comme on le croyait. A notre âge, on n'a aucune chance de réussir au music-hall.

DIQ. — Pourquoi tu penses au music-hall ? C'était un projet d'avant la croisière. On ne sait pas encore ce qu'on fera. On n'est pas obligé de faire du music-hall. Prenons un somnifère pour bien dormir. Il faut être en forme pour notre sauvetage. On sera les rescapés-surprises du Tango. C'est quelque chose d'avoir survécu sept jours dans cette vieille barque.

MOBIE. — Serre-moi fort, Diq, pour que je ne sois plus triste. Si on dort en se serrant très fort, on ne fera pas de cauchemars.

Ils s'endorment serrés l'un contre l'autre sous les couvertures contre les cordages.

MERCREDI

*Au centre et au milieu de la scène, la barque toute
blanche recouverte de givre.*

Lumière très claire.

Diq. — C'est impossible d'imaginer qu'hier il y
avait la tempête. Il n'y a pas de brouillard ce matin,
mais il fait très froid. C'est vraiment l'hiver. La
barque est couverte de givre, c'est presque comme
s'il était tombé de la neige, c'est aussi blanc.

Mobie. — J'aime mieux la neige, c'est plus doux.
Le grand paquebot tout illuminé d'hier soir, tu ne
le vois plus ?

Diq. — Je ne vois que la mer toute lisse. Il n'y a
même pas un oiseau dans le ciel. Mais on ne va pas
tarder à voir apparaître un autre paquebot.

Mobie. — Je suis soulagée qu'on ait enfin re-
trouvée la route maritime. On s'est égarés pendant
six jours. Il ne faudrait quand même pas oublier
qu'on a changé d'hémisphère. Rien ne nous dit que

dans cet hémisphère la route maritime est aussi fréquentée que dans l'autre. On doit être loin de la maison ?

DIQ. — Quelle maison ? Tu sais bien, Mobie, qu'on n'a plus de maison. Tu n'as quand même pas oublié qu'on a vendu notre maison et que c'est avec l'argent de la vente qu'on s'est offert la croisière ?

MOBIE. — C'est vrai, je me rappelle maintenant qu'on a vendu la maison à ce vieux voyageur. C'est peut-être irréfléchi de notre part, de la lui avoir vendue et d'avoir mis tout l'argent de la vente dans la croisière. On est sans maison et sans argent pour s'acheter une autre maison.

DIQ. — Au contraire, on a eu raison de profiter de l'offre inattendue de ce vieux voyageur qui nous a demandé si notre maison était à vendre. On a dit oui sans réfléchir et son prix a été le nôtre. Ça a été une chance inespérée pour nous. Si on avait mis la maison en vente, on n'aurait pas trouvé d'acheteur. Elle était trop grande, elle se délabrait, la toiture était à refaire. On ne pouvait pas l'entretenir. L'hiver, elle était inchauffable.

MOBIE. — Qu'est-ce qui lui a tant plu dans notre maison, pour vouloir l'acheter tout de suite sans réfléchir ? Il te l'a dit, à toi ?

DIQ. — Il était fatigué de toujours voyager. Notre maison était au bord du canal. Ça lui a plu, cette vue sur le canal avec les péniches qui passent, et au loin l'écluse.

MOBIE. — Le canal et la mer, ça ne se compare pas. Je ne connaissais que le canal, maintenant je connais la mer.

83

DIQ. — On ne peut pas connaître la mer, à la différence du canal.

MOBIE. — Moi, j'ai l'impression de la connaître. Si on n'avait pas vendu la maison, on n'aurait jamais eu assez d'argent pour s'offrir la première croisière de Tango.

DIQ. — Il n'y a pas à regretter la maison. Elle était inhabitable. On ne l'habitait presque jamais. Les maisons fermées, ça s'abîme encore plus vite. On n'aimait pas la vue sur le canal.

MOBIE. — C'est vrai. Mais où est-ce qu'on va habiter à notre retour ? On n'a pas de revenus. Si on ne fait pas de music-hall, qu'est-ce qu'on va faire ?

DIQ. — La compagnie de Tango va nous verser des dédommagements pour tout ce qu'on a subi à cause du naufrage. On est les seuls rescapés, la compagnie voudra faire un beau geste. Ça nous fera un petit pécule. Rien ne nous oblige à revenir d'où on vient. On peut très bien refaire notre vie dans le nouvel hémisphère.

MOBIE. — On n'a plus l'âge de refaire notre vie. Il aurait fallu la refaire juste après l'échec de Tango.

DIQ. — On peut très bien refaire la dernière partie de sa vie seulement. Tu ne veux pas finir ta vie dans cette vieille barque ? On ne peut plus se tromper de chemin maintenant.

MOBIE. — Il faut que je m'habitue à entrer dans la ménopause. A mon âge, une grossesse, c'était peut-être hasardeux.

DIQ. — Je suis content de t'entendre parler ainsi. Il faut guetter l'apparition du prochain paquebot.

MOBIE. — Oh, Diq, mes escarpins sont mouillés.

C'est tout mouillé au fond de la barque. Ce n'est pas le givre qui fond. Il fait très froid, le givre ne fond pas.

DIQ. — On dirait que ça vient de l'avant. Il y a de l'eau à l'avant. Il devait y avoir une brèche invisible. La tempête d'hier l'a attaquée sans relâche. Le vieux bois a travaillé et la brèche s'est entrouverte. C'est impossible de réparer la brèche.

MOBIE. — Diq, l'eau va monter dans la barque. On n'a pas de seau pour vider l'eau. Qu'est-ce qu'on va faire ?

DIQ. — J'espérais que la barque ne coulerait pas. J'ai eu un pressentiment quand j'ai vu la barque pourrie de l'île. Mais je n'ai pas voulu y croire. Le vieux bois avait l'air solide, il était traître. Je ne vois pas de paquebot à l'horizon. Ce doit être une route maritime secondaire.

MOBIE. — On ne va pas se laisser couler avec la barque. On n'a pas survécu sept jours pour couler le septième. Je voudrais être à la maison. On n'aurait jamais dû quitter la maison. Tango, c'est un nom qui porte malheur. Le toit de la maison aurait bien tenu jusqu'à la fin. On aurait fait des réparations de fortune, on aurait mis des bassines dans le grenier. Pourquoi est-ce qu'on a vendu la maison ? Elle n'était pas inondable et elle ne risquait pas de couler comme la barque.

DIQ. — Mobie, ne pense plus à la maison, ce n'est pas le moment. Moi non plus, je ne veux pas couler avec la barque.

MOBIE. — Regarde, il y a de plus en plus d'eau au fond de la barque. Il doit y avoir d'autres brèches minuscules que tu ne vois pas encore. Le bois de la barque est mouillé à l'arrière aussi. J'ai peur, Diq, la barque est toute pourrie.

DIQ. — Ne dramatise pas, Mobie, l'eau reste au même niveau pour l'instant. Il n'y a pas encore de quoi vraiment s'inquiéter. On sera sauvés avant d'avoir fait naufrage.

MOBIE. — Pourquoi est-ce qu'on va si vite tout à coup ? Qu'est-ce qui se passe ? Il y a de la brume partout autour de la barque. On s'éloigne de la route maritime.

DIQ. — On est emportés dans un courant. C'est la deuxième fois que ça nous arrive.

MOBIE. — Mais, avec cette brume qui nous enveloppe, aucun bateau ne nous repérera. On est invisibles. On n'a plus aucune chance d'être secourus. On va couler avec la barque sans qu'on nous porte secours.

DIQ. — On ne peut que se laisser entraîner. La barre est cassée. Le courant nous mène bien quelque part. *(Il prend la main de Mobie).*

MOBIE. — Merci, Diq, de me prendre la main. Je me sens mieux avec ta main dans la mienne. Je me sens toute engourdie tout à coup.

DIQ. — Moi aussi. Ça n'arrive pas à tous les naufragés, ce qui nous arrive.

MOBIE. — Tu as vu, l'eau est comme blanche ?

DIQ. — C'est à cause de la brume. Tout paraît blanc. Oh, Mobie, j'aperçois quelque chose là-bas qui barre le courant, une énorme masse qui flotte.

MOBIE. — Dis-moi vite que ce n'est pas la baleine noire.

86

DIQ. — Si c'était elle, on l'aurait déjà reconnue à son odeur. Ça sent bon, au contraire.

MOBIE. — C'est vrai, ça sent bon. Je ne connais pas cette odeur.

DIQ. — La masse qui barre le courant est blanche. On dirait un rocher arrondi, mais ça a l'air vivant.

MOBIE. — C'est peut-être la baleine blanche ? Ce serait incroyable de la rencontrer, depuis le temps qu'elle a disparu. Elle suit le courant dans la brume. Tu vois ce qu'elle fait ?

DIQ. — Elle ne fait rien. On dirait qu'elle dort. Elle se laisse flotter et porter par le courant.

MOBIE. — Elle doit être très vieille. Elle n'a plus la force que de se laisser flotter et porter. L'eau monte tout doucement au fond de la barque. On va attraper la pleurésie. On a les pieds tout mouillés maintenant.

DIQ. — On va plus vite que la baleine, parce qu'on est plus légers. On ne va pas tarder à la rencontrer. C'est comme si elle n'avançait pas, malgré la force du courant. Que va-t-il se passer quand on la rencontrera, puisqu'elle barre tout le courant et qu'on ne peut pas le quitter, tellement il est fort ?

MOBIE. — Tu sais bien ce qui va se passer. La rencontre de la barque et de la baleine, ça va produire un choc effroyable. Il ne restera rien de la barque, pourrie comme elle est maintenant. Je ne veux pas finir noyée au fond du courant. Ce ne serait pas une bonne fin.

DIQ. — Tu vois une bonne fin ?

MOBIE. — La baleine est trop vieille maintenant

pour se réveiller même quand il y aura le choc. On n'a pas à regretter la mer. C'est la meilleure fin pour nous, Diq. La baleine ne s'est pas laissée tuer par les bateaux, elle ne nous fera pas de mal.

Diq. — Puisque tu n'as pas peur, je n'ai pas peur non plus. Regarde, la brèche s'ouvre. L'eau va s'engrouffer dans la barque. Tu sais quel âge a la baleine ?

Mobie. — On ne peut pas lui donner d'âge. Elle est peut-être aussi vieille que la mer.

Diq. — On est tout proche de la baleine maintenant. Tu la vois, Mobie ?

Mobie. — Oui, Diq, je la vois. C'est bien la baleine blanche. Fermons les yeux, Diq, et tenons-nous bien serrés pour ne pas être séparés par la violence du choc.

Obscurité.

La scène, qui doit paraître immense, est maintenant dans une quasi-obscurité. La barque blanche, toujours givrée, est au centre, dans une sorte de pénombre : seule est faiblement éclairée l'arrière de la barque, où Mobie et Diq sont assis. Ils sont l'un à côté de l'autre, recroquevillés. Leur voix est affaiblie, comme perdue dans cette immensité.

Diq. — Mobie ?
Mobie. — Oui, Diq ?

DIQ. — Je ne vois rien.

MOBIE. — Moi non plus je ne vois rien. Mais je te sens tout contre moi.

DIQ. — Qu'est-ce qui s'est passé ? Je n'ai pas entendu le choc. Je n'ai rien entendu du tout.

MOBIE. — On a dû perdre connaissance long-temps. On vient juste de reprendre connaissance.

DIQ. — On est blessés ?

MOBIE. — Je ne sais pas, Diq. Je ne sens rien, aucune douleur, rien que de l'engourdissement partout. Je ne me souviens de rien, comme si rien ne s'était passé. S'il y avait eu un choc, on s'en souviendrait, on n'aurait pas perdu connaissance avant le choc. Peut-être qu'il n'y a pas eu de choc ?

DIQ. — Tu sais où on est ?

MOBIE. — On ne peut être que dans la baleine. Où est-ce qu'on serait, sinon ? Il n'y avait que la baleine devant nous qui barrait tout le courant.

DIQ. — C'est drôle, on est assis dans la barque. Comment c'est possible ? On est peut-être en train de faire le même rêve pour la première fois. On n'est pas secoués du tout. On dirait qu'on ne bouge plus. On n'a pas l'impression d'être quelque part. La barque n'a pas coulé comme on croyait, elle a résisté au choc. Tu es bien sûr qu'on est dans la baleine ? On ne voit rien.

MOBIE. — On ne peut pas être ailleurs. C'est bien la baleine qu'on a vu en dernier tous les deux. La baleine est bien plus grande que la barque. On a dû pénétrer dans la baleine avec la barque au moment où on a perdu connaissance. La barque est dans la baleine, comme nous. La baleine est encore plus grande que l'on croyait. Elle est si grande qu'on a l'impression d'être nulle part. On est bien toujours assis dans la barque à la même place. Il fait très froid, le givre ne fond pas. Mais il n'y a plus d'eau dans la barque.

DIQ. — Le choc a peut-être tué la baleine. Elle était si faible, il a suffit d'un tout petit choc pour la tuer.

MOBIE. — Qu'est-ce que ça change ? On est à l'abri. On n'a mal nulle part. On respire normalement. On ne s'est pas noyés au fond de la mer. Je ne voulais pas finir noyée.

DIQ. — On n'a pas été séparés. J'ai très sommeil, comme si je n'avais jamais dormi. J'ai l'impression que je vais dormir pour la première fois.

MOBIE. — Moi aussi j'ai très sommeil. C'est notre nuit la plus noire. On va pouvoir dormir longemps sans être réveillés par le jour. On est si fatigués, à bout de forces.

DIQ. — Ce sera notre plus longue nuit.

MOBIE. — Je n'ai pas peur du noir, cette nuit. Cette fois, ce sera une nuit inoubliable pour tous les deux, tu ne trouves pas ? On ne court plus aucun danger. Il ne peut plus rien nous arriver.

DIQ. — Oui, Mobie, ce sera une nuit inoubliable. *(On entend le solo de violoncelle.)* Tu entends ?

MOBIE. — Oh, Diq, le morceau de violoncelle solo. On dirait que c'est une autre interprétation. Oh, Diq, écoute, ça ne s'arrête pas comme les autres fois, ça continue.

DIQ. — Ça nous aurait manqué de ne pas écouter la suite. La suite, c'est le plus beau.

MOBIE. — Je te l'avais dit, qu'il fallait vivre une fois dans sa vie une nuit inoubliable. On l'a attendue si longtemps. On a commencé par un moment parfait, et on finit par une nuit inoubliable. On a bien fait de vendre la maison. Je ne regrette plus la maison maintenant.

DIQ. — On n'a plus besoin de maison. On dirait que le morceau de violoncelle solo n'a pas de fin.

MOBIE. — Une nuit inoubliable, c'est plus fort qu'un moment parfait ?

DIQ. — Oui, Mobie, c'est plus fort, c'est juste pour la fin.

Mobie et Diq, ne formant plus qu'une seule petite boule envelopée dans la couverture blanche, s'endorment doucement, assis à l'arrière de la barque. L'obscurité se fait peu à peu sur eux. On entend le morceau de violoncelle solo en entier, très pur, dans tout l'espace.

CET OUVRAGE A ÉTÉ ACHEVÉ D'IMPRIMER LE SEPT
DÉCEMBRE MIL NEUF CENT QUATRE-VINGT-HUIT
DANS LES ATELIERS DE NORMANDIE IMPRESSION S.A.
À ALENÇON (ORNE) ET INSCRIT DANS LES REGISTRES
DE L'ÉDITEUR SOUS LE N° 2350

Dépôt légal : décembre 1988